KB064270

일어서라
벽을 넘어야 별이 된다
권득용 지음

삿된 마음 없이

몇 해 전 녹야 선생께서 써 주신 유어예遊於藝

나는 그때 바보 천치처럼 세상을 오만하게 직선으로만 날다가 번뜩이는 탐욕으로 정치라는 판도라 상자를 훔쳐보는 순간 내 인생은 만신창이가 되었고, 설상가상 아버지마저 돌아가시며 망연자실 절망의 바다에서 불효를 탄식하고 있었다. 감당하기 싫은 상실의 시간들은 파도처럼 끝없이 밀려와 실도 꿰지 않은 알바늘처럼 내 영혼을 찌르며 으깨는 동안에도 나는 다시 한 번 솟구치는 나비의 수직상승을 닮기를 간절히 기도하였다.

하긴, 누구나 가슴속에 아픈 상처 하나쯤은 간직하고 살아갈 터이지만 급한 물살이나 바람에 날려 아무 곳에나 닿으면 뿌리를 내리고 생명의 싹을 틔우는 씨앗은 아니지 않는가.

그래 어떻게 살아온 날들인가.
돌이켜보면 내 젊은 날은 온통 허기진 가난이었다. 지독한 가난은 늘 용기와 인내하는 법을 가르쳐 주었지만 내가 나무라면 총총한 나이테 때문에 아마 톱질이 되지 않은 나무였을 게다. 그러나 그 가난이 겸손의 미

학으로 내 인생의 훌륭한 스승이 되었음을 고백하지 않을 수 없다.

　　그리하여 나를 다시 일으켜 세운 것은,
　　공자께서 도道에 뜻을 두고, 덕德에 의거하며, 인仁에 의지하고, 예藝에 노니라는 유어예였다.
　　외롭고 힘든 시간 묵언수행하는 수도승처럼 오롯이 글 쓰는 일만이 나의 유일한 버팀목이 되었고, 나를 위로하고 치유해준 내 문학의 시원始原들인 나무와 풀, 꽃, 벌레, 짐승, 새, 이끼, 바람, 햇살 그리고 선善한 가을 하늘의 품성을 닮은 아버지와 어머니, 아내, 아들, 딸을 부끄럽지만 이제 세상 밖으로 내 보내는 것은, 문학은 이 시대의 모든 사람들에게 희망이며 새로운 문화를 창조하는 원형질이기 때문이다.

　　새벽 찬 물에 세수를 하면 정신이 번쩍 드는 것처럼 삿된 마음 없는 새 날을 맞고 싶어, 새해 첫날 대전의 아침 해가 제일 먼저 떠오르는 식장산에 올랐다. 설레임과 경건함으로 다시 2014년 아름다운 세상을 꿈꾼다.

2014년 2월
이산 문학관에서
권득용

차례

일어서라 벽을 넘어야 별이 된다 권득용

제1부 시를 쓰다

차례

 제2부
살아 있는 것들의 아름다움

일어서라 벽을 넘어야 별이 된다 **권득용**

제3부 **그래도, 내 생애 가장 따뜻했던 날들**

차례

 제4부

그곳에 파랑새가 있다

꿈꾸는 사람만이 꿈을 이룬다

제5부

막걸리 설법

박헌오 | 대전문학관 관장

I

찌그러진 주전자 첨벙첨벙 넘는 사발

털에 묻고, 잔에 남고, 구경꾼도 한 잔 주고

온종일 퍼마셔 봐도

정 한 동이 남았더라.

II

지친 삶 휘휘 저어 벌컥벌컥 들이키고

왕소금 몇 알이면 든든한 한나절 길

황혼의 외나무다리

아리아리 건너간다.

III

저녁마다 매맞아 살 터진 상 모서리

영혼까지 사 주마던 남정네 사투리

소나기 어둠 다 적셔
질퍽하게 지새운 밤.

IV
버리지 못한 설움 꿀꺽꿀꺽 마시고 나면
후련히 비워진 속 곱게 퍼지는 취기 앞에
풋사랑 허우적대다
몽정하는 세상사.

가시게, 그대 꿈꾸었던 곳으로

조동환 | 영광여자중학교 교장

어쩌다 그대 보고 싶어 찾아가면
돌아누울 틈도 없는 여인숙 자취방에
그냥 이불 깔린 채로 웅크리고
제목만 봐도 골치가 딱딱 아픈 책들을 보느라 눈이 퀭한 그대

친구 왔다고 연탄불에 그을린 남비 하나 올려놓고
금방 끓여낸 보리밥에
반찬이라고는 왜간장
두어 숟갈 퍼부어 둘이 비벼먹고 천장 바라보고 누우면
그래도 웃음이 절로 났던 그때
가난을 훈장처럼 달고 다녀도 웃음 잃지 않았던 그대

어릴 적엔 부잣집 아들인 줄 알았지
대학 들어가며 서로 속내 털어놓고 지내보니 지지리도 가난한 집이었
더군

그래도 꿈이 있었기에 그리 웃고 다녔지
나이에 어울리지 않는 너털웃음을 웃는 그대 보고
왜 저렇게 공허하게 웃을까 생각도 해봤는데
지나보니 그렇게라도 웃지 않으면 어찌 그 추운 세월 지냈을까
이해가 되네

세상을 향해 오기로 버텨왔던 시절이었네
당랑거철螳螂拒轍
그래도 세상은 수레를 돌려 그 용기 가상히 생각했나 보네
그대 나 세상의 수레에 앉아 있는 입장이 되었으니

언젠가는 그리될 줄 알았지만 난 말리고 싶었어
그대같이 순수한 마음이 그 판에서 마음 상해 돌아올까 봐
우리 사회에서 어디 그 판이 녹록한가
진정으로 이웃을 위하고 민족을 사랑한다면 그리할 수 없는 일들이 벌
어지고 있지
자칭 국가를 경영한다고 하는 사람들 사이에서 상식으로 이해 안되는
일들이 비일비재해
그대 마음 상해 돌아올까 봐 말렸던 거야

그렇지만 이젠 생각이 바뀌었네
세상이 어지럽고 흐리다고 탓만하면 뭣하겠는가
누군가는 나서서 상식이 통하고 사람의 풋풋한 정이 통하는
그런 사회를 만들어야 하지 않겠나
그대 나 배고픈 시절

배만 부르면 된다는 생각을 한 적 있었던가

아니지, 정말 사람 냄새 물씬나는 그런 사회를 우리는 꿈꾸었지
가시게, 그대가 꿈꾸었던 그런 터를 만들어 보게

겸손과 사람에 대한 이해와 그대의 그동안 갈고 닦은 역량이 결합되어
좋은 목민牧民의 결실이 기대되네
어느 한 곳이라도 우리들이 생각했던 멋진 곳으로 만드는데 온 힘을 쏟
아 붙고나서

우리 배낭 속에 양은 남비 하나
왜간장 한 통 걸머지고 계룡의 등허리를 같이 한 번 올라보세
갑사 어느 계곡에 내려와 옛날처럼 밥 지어 먹어보세
그때 그맛이면 우린 성공한 것 아닐까

희망의 노래를 부르자

문희봉 | 시인 · 전 대전문인협회 회장

청자빛 하늘이 갑오년 새해에
축구공같이 둥글고 고운 하늘에
동심 같은 마음으로
우리들의 활동 무대에
건장한 남자의 어깨 위에 푸르름으로
화들짝 다가와 둥실둥실 춤을 춘다

'푸른환경'의 CEO로
'녹색연합' 대의원으로
'환경운동연합' 집행위원으로
사단법인 '대전방재연구소' 이사장으로
'재해예방실천연합' 사무총장으로
'도시정책포럼' 공동대표로
'경실련 기업평가' 자문위원으로
'대전동구문학회' 회장으로

'대전문인협회' 회장으로

대전 지역의 환경과 안전
생명을 지키는 환경운동에 앞장서고
문인으로 시민정서 함양을 견인하고
대전대, 한밭대, 건양대학교에서 후학 양성
그리고 '대전로타리클럽'에서 사회 봉사로 다진
탄탄한 저력과 신뢰

청청한 상록수 숲에
우리 청춘의 꿈이
그침 없는 흐름으로 내려앉은 오늘
푸른 갑오년 서두의 여신 앞에
보다 나은 내일을 그린다
보다 쾌적한 환경을 그린다

밀물처럼 밀려드는 향수에
푸른 하늘을 보며 그 꿈의 성취를 생각한다
밀려오는 희망의 리듬이
향수보다 더 진하게 전신을 휘감고
아기 손톱만큼이나 부드러운
새순 돋아날 길섶

기운찬 메아리 요동치고
더 나은 내일을 위해

힘찬 도전을 맹세한다
잃어버린 날 되돌려
아름다운 노래를 부르자
희망의 노래를 부르자

휙휙 신바람 일으키며
달려 나가는 듬직한 남자여!

한 덩이 숯이어라

최재경 | 시인

그 빛은

찬란하거나 환하지도 않다

가만히, 그 속으로 걸어 들어가면

차츰차츰 밝아지는, 그 어떤

묵직한 흐름이 살고 있다

더 안쪽으로 들어가면, 소리도 피어나고

만지면 툭

터지는 씨방 같은 색깔도 살아 있어

한쪽에는, 아무도 건널 수 없는

푸른 강도 있고 바다가 있다

잔잔하다가, 산처럼 그보다 더 큰

물결도 일고 다시 돌아올 수 있는, 그런

거침없는 바람도 살고 있다

손을 잡아보면 두툼한 따스함이 스며들어, 금세

차디찬 가슴까지 훈훈하다

그대는 분명

숨어 타는 한 줌의 불빛이어라

화르르 타오르는 한 덩이 숯이어라.

질그릇 같은 미소로

김춘경 | 한국낭송문학회 회장

처음 본 그는,
텁텁한 경상도 말씨에
남자다운 카리스마 풍기는 외모에
부드러운 미소를 겸비한
구레나룻이 인상적인
평범한 환경공학 박사 시인이었다

지금의 그는,
시를 가슴으로 노래할 줄 알고
진실에 감동하며
정의와 평화를 위해
화합과 소통을 추구할 줄 아는
스마트한 정치인이다

지난날 그가 쓴 책 속엔

자연과 환경, 가족과 사랑, 인생과 철학이 있지만
앞으로 쓸 그의 책에는
민주와 정의, 진실과 소통, 도전과 성취가 있다

시인 권득용
정치인 권득용

그가 가진 질그릇 같은 소박한 미소로
아름다운 두 인물의 진정한 성공을 기원하며
조용히 파이팅을 외쳐본다

그가 꿈꾸는 세상 대들보 역할 기대

박병석 | 국회부의장

권득용 민주당 대전광역시당 부위원장은 폭넓은 사회 활동을 해온 분입니다.

공학박사, 기업CEO, 환경운동연합 집행위원, 재해예방실천연합 사무총장, 대전대 · 한밭대 외래교수, 도시정책포럼 · 대전자치분권연구소 공동대표 등 다양한 분야에서 기량을 발휘해온 역동적인 인물입니다.

권 부위원장은 또 시인이자 시낭송가입니다. "외롭고 힘든 시간 묵언수행하는 수도승처럼 오롯이 글 쓰는 일만이 나의 유일한 버팀목이 되었다"고 그는 토로했습니다.

그런 그의 시는 지역 문인들로부터 "장미나 백합처럼 화려하고 탐스럽지 않을지라도 들꽃처럼 소박하고 자연스러우며 우러나는 삶의 진한 향내를 간직하고 있다"는 평가를 받습니다.

많은 활동 중에서 권 부위원장을 대표하는 것은 환경 분야라고 봅니다. 지역의 환경과 안전, 생명을 지키는 일들을 열심히 하고 있습니다.

그의 지역사랑은 누구에게도 뒤지지 않습니다. 자신이 사는 동네를 1등 도시로 만들겠다는 의지는 그의 활동 영역을 더 넓히고 있습니다.

'다이나믹 동구'는 그가 구상하는 지역사랑의 슬로건입니다. 지역의 건강한 변화를, 미래지향의 어젠다를 고민하며 실현을 위해 노력하고 있습니다.

"작지만 착한 변화를 시작하려 한다"는 겸양의 모습도 갖추었습니다.

새해 첫날 대전의 아침 해가 제일 먼저 떠오르는 식장산에 올라 삿된 마음을 지웠다는 권 부위원장의 고백에서 사심 없는 지역사랑을 만날 수 있었습니다.

다양하고 왕성한 사회 활동에서 얻은 경험과 경륜이 그가 꿈꾸는 세상에 대들보로, 서까래로 쓰이기를 기대합니다.

미래를 위해 아껴둔 인재

박영선 | 국회의원 · 국회법제사법위원장

석과불식碩果不食 라는 옛말이 있습니다. 좋은 열매는 다음 해 농사를 위해서 먹지 않고 남겨둔다는 뜻이지요. 우리 사회의 미래를 위해서 남겨둔 인재, 권 대표가 바로 그런 인물이 아닌가 생각합니다.

공학박사로서, 환경운동가로서, 그리고 시민운동가로서 권득용 대표의 활약상은 이미 많은 분들께서 알고 계실 것입니다.

그동안 지역사회 발전을 위해서 부지런하게 일한 권 대표께서 이번에 책을 내신다고 하니 기대가 됩니다. 폭넓은 그의 활동에 비추어 볼 때 책에 들어갈 내용도 다채로울 것이라 미루어 짐작할 수 있습니다. 그의 경험과 지혜가 고스란히 녹아 있는 소중한 노작이 될 것으로 믿어 의심치 않습니다.

권득용 대표는 등단한 시인입니다. 시심과 문장력이 공인된 그의 글을 읽는 즐거움을 독자 여러분과 함께 나누고 싶습니다.

인재는 하루아침에 만들어지지 않습니다. 오랜 인고의 세월을 통해서

갈고 다듬어져야 합니다. 또 부지런하고 성실해야 합니다. 평소 사회적 현안에 발벗고 나서 해결책을 모색하고 실천해온 권 대표는 우리 사회에 꼭 필요한 인재입니다. 그런 분들이 마음껏 기량을 펼치고 사회발전에 이바지할 수 있게 되기를 희망합니다. 또한 그가 앞으로도 오래도록 우리에게 주옥같은 글을 선사해 주기를 기대합니다.

일어서라 벽을 넘어야 별이 된다

양승조 | 국회의원 · 민주당 최고위원

평소 존경하는 민주당 대전시당 권득용 부위원장님의 『일어서라 벽을 넘어야 별이 된다』 출판을 진심으로 축하드립니다.

권득용 대전시당 부위원장님은 충남대를 졸업해 대전대 환경대학원에서 공학박사 학위를 받으셨고, 20여 년간 환경운동과 재해예방 실천연합 사무총장으로 활동하시면서 대전 발전에 일익을 담당하셨다고 해도 과언이 아닐 것입니다.

특히, 국제로타리 3680지구 대전클럽회장, 대전대학교, 한밭대학교, 건양대학교 외래교수 그리고 도시정책 포럼 공동대표로서 이 지역의 환경과 안전, 생명을 지키는 일들을 열심히 해오셨고, 대전문단의 중견작가로서 대전문화예술 공헌을 위해 대전문인협회 회장으로 활동하고 계십니다.

권득용 부위원장님은 항상 힘과 열정이 넘치신 분입니다. 도전을 좋아하시고, 시민의 마음을 누구보다 잘 이해하며, 함께 어울릴 줄 아는 분입니다.

더불어 갈등과 반목을 넘을 수 있는 소통과 화합을 중히 여기시고, 우리 사회가 정의롭고 평등한 기회가 제공되어야 한다는 평소 지론을 갖고 계신 분입니다.

　문학을 통해 시민의 삶의 질 향상에 이바지할 수 있는 길을 찾고, 우리가 직면해 있는 환경문제에 대해서도 해박한 지식을 갖고 계신 분입니다.

　이번 권득용 부위원장님의 저서 『일어서라 벽을 넘어야 별이 된다』에도 문학 작가로서, 환경전문가로서 21세기 패러다임 중 우리 사회와 밀접한 환경과 문화라는 소재를 담아 내셨습니다.

　이제 권득용 민주당 대전시당 부위원장님이 큰 뜻을 펼치시려고 합니다.

　벽은 한계입니다. 그 한계를 당차게 극복할 때 벽이 아닌 '별' 이라는 이름을 얻게 됩니다.

　벽을 넘기 위한 권득용 부위원장님의 노력이 결실을 맺기를 기대해 봅니다.

이제 찬란한 빛이 되기를

강래구 | 민주당 대전시 동구지역위원회 위원장

맑스 베버는 정치에 대해서 열정과 균형적 판단 둘 다를 가지고 단단한 널빤지를 강하게 그리고 서서히 구멍을 뚫는 작업이라고 말했습니다. 베버의 정의에 가장 잘 어울리는 사람이 권득용 박사님인 것 같습니다.

권득용 박사님은 시인이며, 시낭송가협회 회장이기도 합니다. 권득용 박사님의 시는 열정의 상징입니다. 권득용 박사님의 시낭송을 들어봤다면 그 매력에 빠지지 않을 사람이 없다고 생각합니다.

이 세상에서 불가능한 것을 이루고자 몇 번이고 되풀이해 노력하는 사람이 없었다면, 가능한 것마저도 성취하지 못했을 거라는 말은 전적으로 권득용 박사님을 두고 하는 말일 것입니다. 환경운동과 시민단체 활동을 통해 많은 열정을 받쳐왔고, 그 열정을 정치무대에서 실현하기 위해 오랜 세월을 기다리고 역경을 헤쳐왔습니다. 때로는 무심히 스쳐 가는 간이역이지만 누군가의 가슴에 추억으로 그리움으로 남듯이 다음 세월을 소리 없이 준비해 왔습니다. 이제 그 꿈을 실현시킬 순간이 다고오고 있다고 생각합니다.

　권득용 박사님의 그 열정과 헌신, 기다림을 표현하려면 다시 베버의 글을 인용할 수밖에 없을 것입니다.

　자신이 제공하려는 것에 비해 세상이 너무나 어리석고 비열해 보일지라도 이에 좌절하지 않을 자신이 있는 사람, 그리고 그 어떤 상황에 대해서도 '그럼에도 불구하고!' 라고 말할 확신을 가진 사람, 이런 사람만이 정치에 대한 '소명'을 가지고 있다.

　'소명'을 갖고 있는 정치인, 삶의 열정을 갖고 있는 시인, 실천하는 삶을 살아온 권득용이라는 이름이 이제 그 찬란한 빛이 되기를 기대합니다.

　다시 한번 권득용 박사님의 책 출간을 축하드리며, 함께 인고의 세월을 견디고 계신 가족들에게 감사와 존경을 보냅니다.

인문학적 리더십을 갖춘 사람

이원묵 | 한밭대학교 총장

1977년 여름은 매우 무더웠다. 내가 권득용 박사를 처음 만난 것은 군대를 제대하고 충남대학교 화학공학과에 복학했을 때이다. 물론 교실에서 가끔은 보아 왔지만 나와 같은 제대 복학생들은 나이가 많아서인지 후배들과의 접촉은 그리 활발하지 못한 편이었다. 4학년 여름 방학 중에 실시되는 학생 현장실습은 필수 과목이었기에 방학을 반납하고 회사에서 일하면서 보내게 되었다. 배정된 곳이 서울 구로동 공단에 위치한 자원개발 연구소(현 한국지질자원연구원)이었다. 그때 함께 현장실습을 한 사람이 바로 권 박사였다. 우리는 한 달간 그곳에서 많은 일을 함께했으며 때마침 그곳은 핵연료로 사용하는 우라늄의 국산화 연구가 한창이었던 때라서 엄청나게 바쁘게 돌아가고 있었다. 하루종일 의자에 한번 앉아볼 시간 없이 우라늄원광의 함량분석에 열중해야 했다. 그땐 정말 실습을 포기하고 되돌아오고 싶을 정도로 밀려드는 샘플분석에 하루가 금방 지나가곤 했다. 그러나 항상 옆에서 묵묵히 일하는 권 박사가 있으니 불평 한마디 할 수 없을 지경이었다. 그는 실험실에서 솔선수범하고 선배 연구원들과 잘 어울리며 어려운 환경을 불평 한마디 없이 잘 극복하고 있었다. 문경

산골에서 태어나 어렵게 커온 그였기에 누구보다도 적응력이 뛰어 났다. 가끔은 퇴근 후 근처 식당에서 돼지갈비에 소주 한 잔 할 기회 때문에 서로가 가깝게 지낼 수 있었으며 특히 그의 친화력과 맑은 심성이 우리를 더욱 가까운 선후배로 만들었다.

맹자는 인의예지仁義禮智는 인간이 갖추어야 할 기본 덕성으로 남을 어여삐 여기는 마음, 부끄러워하는 마음, 양보하는 마음, 잘잘못을 가리는 마음이라 했는데 지금 와서 생각해보니 바로 권 박사가 공학을 전공했음에도 불구하고 이런 인문학적 리더십을 키워가며 살아온 사람이라는 것을 알 수 있었다. 어렸을 때부터 자라온 가정 환경이 그를 덕인德人으로 키워왔다는 사실도 그때에 알게 되었다. 그 후 각자의 삶을 사느라 헤어져 만나지 못하였지만 20여 년만에 대전에서 우연히 그를 마주하게 되었을 땐 그는 이미 이 지역의 환경운동가와 대학 강단에서 후학을 양성하고 있었으며 또한 사회봉사단체와 기업의 CEO로서 큰 사람이 되어 있었다. 역시 그답다고 생각하였다.

요즘 우리 사회가 매우 혼란스럽다. 인도의 국부 마하트마 간디는 100년 전에 7대 사회악덕을 지적하였다. 그것은 철학 없는 정치, 인격 없는 지식, 노동 없는 부, 염치없는 향락, 인간성 없는 과학, 도덕성 없는 경제 그리고 희생 없는 종교를 지적하였다. 지금 우리 사회가 병들어 가고 있는 모습과 어쩌면 이렇게 정확하게 일치하고 있는지 섬뜩할 정도이다. 이런 사회를 치유하고 발전시키기 위해선 인의예지의 덕을 갖춘 인문학적 리더십이 필요하다. 그래서 항상 남을 배려하고 자기를 낮추어 생활 하는 권 박사가 더 크게 보이는가 보다. 나는 그를 만날 때마다 역시 될 사람은 떡잎부터 다르다는 사실을 언제나 느끼곤 한다.

사람 냄새 나는 멋진 세상을

강한식 | 전 국제로타리 3680지구 총재

권득용 회장이 새로운 책을 내신다는 말씀을 전해 듣고 벌써 마음이 설렙니다. 이미 발간한 몇 권의 수필집과 시집을 보면서 많은 감동을 느끼고 삶의 방향을 결정하는데 큰 도움을 받았던 경험이 있기 때문입니다.

권득용 회장과는 봉사단체인 로타리 활동을 통해 인연이 맺어졌습니다. 여러 차례의 만남을 통해 대전/충남 지역 전체의 맏형 클럽인 대전로타리클럽의 회장이라는 중책을 충분히 맡고도 남을 만한 그릇의 인물이라는 것을 알게 되면서 가까워졌습니다.

국제로타리는 세계 최고最古이자 최고最高의 봉사단체입니다. '평화로운 세상을 만들자'는 목적에 공감하는 마음 따뜻한 사람들이 모인 결합체입니다. 어렵고 힘든 사람들이 한 명이라도 적어야 평화로운 세상을 만들 수 있다는 신념을 가진 사람들이 모여 세상을 위해 봉사하는 단체이기도 합니다. 이런 단체에서 회장으로 회원들을 이끄는 것이 결코 쉽지 않은 일입니다. 그래서 로타리는 언제나 봉사와 함께 리더십을 강조합니다. 맏형 클럽인 대전로타리클럽에서 회장을 맡는다는 것은 더욱 어려운 일입니다.

나는 권득용 회장이 대단한 리더십으로 크고 많은 회원들로 구성된 클럽을 이끌어 나가는 모습을 보면서 그 리더십이 어디에서 나오는가 하는 의문을 가진 적이 있습니다. 그리고 많은 대화와 권 회장이 집필한 책들을 읽으면서 그 의문이 풀렸습니다.

권득용 회장이 대전 지역 환경산업의 선두 주자, 성공한 사업가, 환경운동가, 그리고 시인을 비롯한 많은 사회적 활동을 하면서도 언제나 옆집 아저씨 같은 푸근한 모습을 간직할 수 있는 이유가 그 책들에 상세히 적혀 있었습니다. 그것은 어린 시절부터 많은 어려움을 겪었고, 그 어려움을 이겨내는 과정에서 스스로 인생에서 중요한 것이 무엇인가를 몸으로, 그리고 깊은 상념으로 체득했기 때문입니다. 그 경험이 시가 되고 사업을 성공시키고 인생의 어려움을 극복해내는 원동력이 되었다는 것을 우리는 알고 있습니다. 그리고 더 좋은 삶, 더 나은 세상을 만들고자 하는 열망을 만들어냈다고 믿습니다.

이제 권득용 회장이 새로운 세상을 위해 또 다른 큰 일을 할 것이라는 것도 우리는 의심하지 않습니다. 틀림없이 사람 냄새 나는 멋진 세상을 만들고자 하는 권 회장의 생각과 노력이 큰 결실을 이루어낼 것이라는 것을 우리는 모두 잘 알고 있습니다.

권득용 회장이 꿈꾸는 새로운 밝은 사회의 실현을 위해 권 회장을 믿는 모든 분들과 함께 기도하겠습니다.

한그루의 나무

오준영 | 동구미래포럼 상임대표

한 사람이 살아온 삶의 궤적을 몇 줄의 글로 표현한다는 건 참으로 어려운 일입니다. 평범한 필부의 삶도 그러한데, 성공한 사업가에서 환경운동을 하는 시민운동가로 사랑이 넘쳐 빛깔 고운 시어를 가슴에서 길어 올리는 시인으로 그리고 대학에서 후학을 양성하는 교수로 결코 예사롭지 않은 삶을 살아온 권득용 박사를 짧은 필력으로 표현하기는 더욱더 어려운 일인 것 같습니다.

그러나 나는 감히 권득용 박사를 잎사귀 무성한 한그루의 나무로 표현하고 싶습니다. 그가 사랑하는 비옥한 땅에 뿌리를 깊이 내리고 그 어떤 외풍이나 회유에도 굴하지 않고 굳센 신념으로 원하는 것을 차곡차곡 묵묵히 이루어 나가는, 그래서 권득용 박사의 주변에는 좋은 사람들이 넘쳐나는 것 같습니다.

넉넉한 가슴과 진솔한 마음가짐 겸손한 태도로 지위가 높든 낮든, 권력이 있든 없든 늘 사람에게로 열려 있는 순수하고 열정적인 모습에서 그가 세상에서 이루고자 하는 일이 결코 혼자만의 영광을 위한 게 아님을 알기에 우리는 온 마음을 다해 권득용이라는 걸출한 나무의 나뭇잎이 더욱더 무성해지기를 바래봅니다. 그 나무그늘에 지치고 힘든 사람들이 잠시 쉬어갈 수 있기를……

그가 우직하게 항구여일하게 바라는 사람과 이웃에 대한 사랑이 우리가 살아가고, 우리 아이들이 살아갈 이 땅의 환경에 대한 사랑과 고민이 좀 더 크게 쓰여 질 수 있기를 바랍니다.

문학과 환경, 민주주의를 지키는 파수꾼

윤희천 | 한국측량학회 회장, 충남대학교 교수

권득용 선배님과는 고등학교와 대학교 선후배지간의 인연을 맺고 있습니다. 직접 만날 수 있었던 것은 1979년 대학에 입학하고 나서였고 벌써 35년이라는 긴 세월이 흘렀습니다. 어느덧 얼굴에는 주름이 하나둘 생겨나고 머리숱은 성글어져 세월의 풍상이 그대로 느껴지게 되었지만 오랜 시간 늘 가까이에서 뵐 수 있었던 것은 나에게는 큰 행운이었습니다.

대학 시절 선배를 따라 동아리 봉사 활동을 함께했던 일들은 잊지 못할 기억으로 가슴속에 고스란히 남아 있습니다. 졸업 후 직장 생활을 하는 가운데도 시간날 때마다 만나면서 돈독한 정을 나눌 수 있었습니다. 그런 자리가 있는 날이면 선배의 소탈한 너털웃음은 더 정감있게 들렸고, 깊은 생각에서 나오는 조금은 느리지만 살가운 이야기는 듣는 이로 하여금 마음을 더욱 편하게 해주었습니다. 또 오랜만에 만났어도 조금도 불편하지 않았고 마음에서 우러나오는 작은 미소는 주변 분들에게 신뢰감을 더해주었습니다. 이러한 만남 속에서 늘 남을 배려하는 마음, 도전적인 자세, 섬김의 리더십 등은 여러 가지 면에서 나를 되돌아보게 하고 또 많은 배움을 주었습니다. 특히 메마른 정서의 공학도로서 감히 갖기 어려운 문학적인 소질에서는 더욱 놀라게 했습니다.

그동안 문학인으로서 활동하면서 펴낸 여러 작품들을 거의 빠짐없이 읽었고 그 작품의 내용을 밤늦도록 이야기 한 적도 있었습니다. 1980년 어느 시골 나환자촌을 방문했을 때의 감정을 「상신원」이라는 시로서 표현한 인간적인 잔잔한 정서, 1999년 『오늘의문학』에 발표한 「백두산 천지」라는 시를 통해 우리 민족의 감정을 나타낸 것, 그리고 자연을 표현한 다수의 서정적인 작품 등을 접하면서 그동안 잊고 살아왔던 많은 부분들에 대하여 깨닫게 하였습니다. 이러한 다양한 작품들을 통해서 그동안 잊혀졌던 지난 유년의 아련한 기억을 떠올리기도 했습니다.

후배가 선배를 평한다는 것은 외람된 일이지만, 보통사람들은 한두 가지를 하는 것도 어려운데 선배는 공학박사, 시인, NGO, 사업가, 봉사단체 등 다양한 분야에서 최고의 능력을 펼치는 것을 보면 요즘 융합과 통섭의 시대에 알맞은 All-round player입니다. 더구나 시골에서 자란 탓에 남을 배려하는 온화한 마음과 강인한 의지력을 동시에 지니고 있는 멋진 선배라고 자부합니다.

언제나 늘 푸른 나무처럼 든든한 울타리가 되어준 권득용 선배님!
지금의 열정을 늘 간직하면서 사업가로서, 시인으로서 그리고 따뜻한 사회를 만들어가는 봉사자로서 더욱 크게 발전하시길 바랍니다. 아울러 문학을 사랑하고, 민주주의를 사랑하고, 환경을 사랑하고 또 이를 지키는 파수꾼으로 영원히 남아 우리 사회를 밝고 아름답게 가꾸어 주시길 소망합니다.

시작과 끝이 한결같기를

박재홍 | 시인 · 계간 『문학마당』 발행인 · 장애인인식개선오늘 대표

이산 권득용은 사랑이 많은 사람이다. 세상을 향해 바라보는 직시의 눈은 암벽을 바라보는 등산가의 눈을 닮았다. 산을 오를 때 내려올 때 그 진실성이 몸으로 체화되지 않고서는 오를 수도 내려올 수도 없는 그래서 그는 가슴이 따뜻한 사람이다.

이번에 내는 책은 그가 살아온 족적이고 역사다. 그 역사의 시발점은 가족에서 환경운동으로 환경운동에서 지역사랑으로 넘나들며 칼럼니스트로 대전문인협회 회장으로 바쁜 일정을 소화하면서도 그의 글 속에는 지역의 소중함과 아름다움이 가득 담겨 있다.

대전에서 동구는 대한민국에서 기호학의 시작이고 강원도까지 잇는 우리나라의 정치 문화 철학의 벨트의 구심점이고 터이기도 하다. 그의 행보는 거기에 연원을 두고 있기에 우리는 간과하면 안된다.

이산 권득용의 식견이 녹아 있는 원고를 읽고 나서 글을 쓰기까지 내가 과연 무엇으로 마음을 얹어야 하나라고 볼 때 의외로 명쾌했다. 문리文理

안에는 모든 것이 통섭이다. 더 말할 것도 붙일 것도 없다.

그의 사랑은 물이 높은 곳에서 낮은 곳으로 흐르듯이 허기진 지역 소외 계층을 향한 바른 생각들이 몸으로 배어 있다. 사랑은 흐르는 것이다. 대청댐에 물안개가 피듯이 그들 속에 산재되어 있는 염원을 기억하는 바른 정신이 있다면 햇살처럼 스밀 것이다.

부디 그의 장도에 시작과 끝이 한결같기를 바란다. 늘 그가 그래왔던 것처럼 어느 날 문득 '오헌梧軒아 뭐하노'하고 환하게 웃으며 들어설 그를 기다리듯이 이 책을 많은 분들이 그의 웃음을 만나듯 했으면 좋겠다. 그의 사랑을 보듬었으면 좋겠다.

그에게서 희망을 만날 수 있습니다

문희순 | 대전동구문학회 회장

권득용 박사는 기업의 CEO이며 환경전문가이고 시인과 시낭송가로 우리들과 이미 친숙한 관계를 맺은 분이지요. 미래의 경쟁력은 바로 문화와 예술이라는 말이 있습니다. 글을 잘 쓰는 사람은 리더십과 창의력도 뛰어나지만 저절로 이루어지는 것은 아닙니다. 밝고 아름다운 글이 넘치는 사회, 좋은 글을 즐겨 읽고 아름다운 정서와 바람직한 가치관을 만들어 가는 사회, 좋아하는 시 한두 편 암송할 줄 알며 우리들의 손에 시집이 들려 있고, 주부들의 핸드백 속에 수필집 한 권이 들어 있는 사회를 꿈꾸어 봅니다.

2014년에는 맑고 깨끗한 시냇물이 이 세상을 적시고 곱고 아름다운 꽃들이 만발하며, 우리들이 하는 말마다 향기가 나고, 인정이 살갑게 흐르며 거짓과 속임수 없는 사람끼리 팔장을 끼고 살아가는 세상, 그 아름다운 세상을 꿈꾸는 권득용 박사는 반드시 우리 대전 동구를 변화시키고 혁신하며 우리에게 희망을 줄 것입니다.

글을 쓰는 문인들은 세상을 창조하는 사람입니다. 창조하는 기쁨으로 살아가는 사람들이지요. 좋은 글은 독자에게 감동을 선물하며 감동이 클 때 독자들은 좋은 문인을 만났다고 환호하며 기뻐합니다.

환경공학을 전공한 공학도이지만 내면에 잠재한 생명 같은 문학을 끝까지 끌어 안고 처절하리만큼 아픔을 감내하며 작가로서 길을 걸어 왔습니다. 그의 문학 작품은 '진정한 삶이란 무엇인가에 대하여 독자들에게 질문하기'라는 생각을 하게 합니다. 그 진정한 삶에 대한 의문 제시를 통해 독자들을 끌어안는 역할을 하지요.

그동안 여러 권의 시집과 칼럼집, 그리고 언론매체에 지역현안과 환경에 관한 내용의 글을 발표하고, 여러 대학에서 후학들을 양성해 오면서 지역문화 창달에 열심히 노력해 왔습니다. 또한 여러 차례 작품집과 시화전을 개최하며 그 수익금을 소년소녀가장 돕기 후원금으로 지원하여 베풂의 철학을 실천하기도 했습니다. 진한 삶의 내음과 사랑과 예술혼이 깃든 글에서 우리는 이슬이거나 한 줄 서정시와 같아지고, 그늘 지고 가난한 사람들과 황톳빛 이 땅과 한없이 푸르기만 한 하늘을 가슴 깊이 아파하며 껴안는 사람 옆에서 그를 닮아 가는 자신을 발견하게 될 것입니다.

그의 글은 사람 냄새가 나고 그가 만들어 내는 삶의 모습들은 언제나 따스하고 그가 쓰는 글들은 차라리 결백할 정도로 깨끗하여 우리를 순결한 감동에 젖게 합니다. 이와 같이 문화예술을 아는 분이기에 경제복지, 생활복지를 실천할 적임자라 불러도 손색이 없을 것입니다. 부패한 상처를 도려내어 새살을 돋게 하며, 옳은 일은 바로 실천하는 성격의 소유자로 우리는 그에게서 희망을 만날 수 있습니다.

축사진

길공섭 _ 대전문화원연합회 회장. 동구문화원 원장

서재홍 _ 대전미술협회 회장

축화

옥당 박진현 _ 전 한국미술협회 문인화분과위원장

현강 박홍준 _ 전 대전미술협회 회장

澹泊明志

怡山權口龍
大人次賞
甲午元旦
職山石士

장산 김두한

욕심없이 마음이 깨끗해야 뜻을 밝게 가질 수 있다.
이산 권득용 대인께서는 이 글을 기쁜 마음으로 보십시오.
갑오년 새해 아침에

시를 쓰다

제1부

동구의 미래는 바로 우리들이다

아아 동구여
지금도 백두대간 거친 숨소리 듣는가

식장산 아침해 한밭에 떠오르면
만인산 봉수레미골 생명의 실록 적고
대청호 달빛 윤슬로 일어서면

까마득한 날
산성山城의 우렁찬 함성
가마놀이* 디딜방아뱅이**
문명을 꽃피운 동구

사육신 박팽년
문장가 신흠
송자 우암을 낳은
그대 장한 어머니가 아니던가

문득 돌아보니
쓸쓸히 몰락한 가문처럼
동구는 민낯의 자화상이지만
스스로의 무게 훼손하지마라

잠시 문명의 시간 멈췄을 뿐
대전의 종갓집이려니
다시 명가의 부활 꿈꾸어야 한다

낡고 너덜너덜 해진 청바지가
더 비싼 세상처럼
사람도 문화도 돌아오리니

동구는 문화의 박물관이다
동구는 천혜의 자연환경 곰삭은 묵은지이다
깊은 맛 나는 음식은 땅속에 갈무리하는 법
오래된 묵은지는 어떤 요리를 해도 맛깔스럽다

동구의 미래는 바로 우리들이다

*가마놀이 : 300년 전부터 홍룡마을에 전해 오는 전통 민속놀이
**디딜방아뱅이 : 삼괴동 공주말에서 전해 내려오는 민속 행사

봉수레미골, 한결같은 대전의 어머니여

노루 우는 달밤이면
수천의 별들 50억 년으로 찾아와
그늘돌쩌귀 구절초 까실쑥부쟁이
머루와 다래 작은 새도 운다

바람의 소리로 하얀 눈 순장하는
아흔아홉 골짜기 만인산

눈과 꽃 순정한 별들의 눈물이
생명의 탯줄 끊어 한 내川를 이루고
열아홉 실개천 달뜬 숨소리로
생명의 실록 적어 어미가 되었다

어미가 된다는 건 한없이 기다리는 일이다
끝도 없이 주는 일이다
흐르고 또 흘러가는 것이다

고조선 삼한 백제 조선을 거쳐
쉼없이 아픈 문명의 역사 풀어놓지 않아도 될
황석영의 개밥바라기별도 보았으리라

하늘은 굽어 보살피라
이제 갑천을 지나 금강을 만나고
서해바다에 몸을 풀더라도

새벽까지 잠들지 않는 봉수레미골이여
그대는 한결같이 대전의 어머니다

대전역

영시 오십 분 목포행 완행열차가 방금 떠나고 있었어

안경이 없으면 당달봉사처럼 서너 발짝 앞의 사람도 알아볼 수 없었던 학수가 그날 술에 진탕 취한 채 역 광장에 넘어져 벗겨진 안경을 찾지 못 하고 마지막 통학열차를 놓쳐버린 건 순전히 그의 첫사랑 영숙이와 헤어 진 후였지 녀석은 그때 한창 유행하던 '나는 못난이'를 십팔번으로 달고 살았어 아마 서른일곱 해 전 가을이었을게야 그런데 말이야 오늘은 쉰도 넘기지 않은 우리 엄마가 아침밥도 거른 채 경상도에서 쌀 한 말을 이고 청승스럽게 대전역 플랫폼을 나서고 있네 가난한 양식이지만 나는 얼른 마중을 가야겠어 아직도 가락국수가 김이 모락모락 나고 있거든 그래 내 젊은 날들로 만나지는 대전역은 지금쯤 벌써 늙어버렸어야 하는데도 자 꾸만 젊어지고 있는 거야 벤자민 버튼*의 시계처럼 거꾸로 가고 있어

브래드피트가 된 나는 지독한 치매에 걸리고 말았어

*벤자민 버튼 : 위대한 개츠비의 작가 F. 스콧피츠제럴드의 단편소설. 데이빗핀처 감독 브래드피트 주연의 영화로 각색

윤초시 증손녀

이제는 잊었거니 했는데

황순원 문학관에는
저마다 첫사랑이
숨막히는 꽃으로 피어난다

도라지꽃 마타리꽃 칡꽃
순정한 사랑이었어

이제는 남남이 되었거나
혹은 행방불명된 첫사랑

참 오래전 사춘기가
분수 소나기에 젖어 열적지만
그래도 안달이 나는 그리움

양평으로 이사 간
윤초시 증손녀를 만나러 갔지만
수숫단 속 뭉그러진 갈꽃이 없다

다시 나는 소년이 된다

죽변항에서

죽변항은 웅크린 용의 눈에 슬픈 별로 먼저 뜬다

급히 내린 에스프레소 커피처럼 칠흑같은 바다가 파도로 부서지고 나는 단물 다 빠진 사랑으로 각설탕 두 개만 들고 별 볼 일 없는 바리스타로 서 있지만

그대 죽변항에 오려거든 아예 핑크빛 사랑일랑 꿈꾸지 말고 실종된 첫 사랑은 침전된 모래로 그냥 두어라 우리가 살아간다는 것도 만나고 헤어 지는 일처럼 사랑도 그러하거늘 하트를 만드는 건 파도만이 하는 일이다

하얗게 부서지는 파도가 카푸치노가 된다

내가 사랑했던 여자는 파도로 깨어지고 흡사 그대가 내 품에 쓰러지는 것처럼 사랑하는 당신이 백치처럼 하얗게 부서져 이윽고 카푸치노가 되 면 수런거리는 대숲 사이로 하현달이 황급히 숨는 죽변항이다 참 오래된 사랑이라 해도 좋을 당신만이 내 곁에 있다

이순耳順의 사랑이 순백하다

불영사

우리는 야단법석인 사랑만 한 바랑씩 짊어지고
부처도 알지 못하는
해맑은 동자승이 되어 불영사로 간다

하루종일 황홀함에 몸 떨던 하얀 싸리꽃
알싸한 사랑 눈 맞추면
속절없이 혼절하는 천축산

불영루 연꽃 자목련으로 피어나
더러는 연등꽃으로 부처를 기다리고 있지만

부지불식 견성 해버린 할喝

당신은 나를 두고 기암괴석 금강송이라 했고
그런 당신을 나는 스물다섯 미인송이라 했다

가족은 신神이 만들어 주신 별

오월이 오면
아버지 어머니 생각에
자꾸만 눈물이 납니다

하얀 이팝꽃을 닮은
아내가 안쓰러워지고

보면 볼수록 짠한 마음이 드는
아들딸 때문에
가슴이 서늘해집니다

이제 건너편 아파트에도
불이 켜진 집은 서넛뿐입니다
컴컴한 저 사각형의 공간 속에서도
사람들은 가족들과 함께
행복을 꿈꾸고

나도 이제 불을 꺼야 합니다
신神이 만들어 주신
우리 가족 빛나는 별들을 만나야 하니까요

낙관 한 점

사랑의 절정에서 생명이 태어나는 것을 믿어도 된다면

참으로 말하기 쑥스럽고 민망하지만 내 아버지의 아버지도 내 어머니의 어머니도 사랑하고 싶어 안달하며 푸른 밤을 그리워했을 거야 우연히거나 혹은 필연으로 황홀한 사랑 끝에 붉디 붉은 한 점 낙관落款으로 나는 이 세상에 태어났지만 세상이 나를 그린 건 큰 바위 얼굴이 아니었어 볼품없는 얼굴이라면 심상이라도 아름다워야 하는 법이거늘 애시당초 나는 현자賢者가 되기엔 영 글렀어

지자불혹에 잘난 체하였고
지천명에도 혼자 똑똑한 척
이순이 다 되는 나이에도 불 같은 소가지였어

얼굴값도 나잇값도 하지 못하고 꼴값을 떨며 내 아버지 어머니가 찍어준 생명의 낙관을 한 번도 성형하지 못한 채 아내와 아이들이 경마에 몰두하고 있는 동안 나는 앞만 보고 질주하는 경주마였어 가쁜 숨을 뿌려대며 거품을 문 채 일등만 하려고 죽으라고 달리고 또 달렸지만 한 번도 결승 테이프를 끊은 적이 없었어 하늘이 노래지도록 나만 혼자 뛰어온 거야 문득 뒤돌아보니 볼품없이 낡아버린 얼룩진 고서화에 낙관 한 점 너덜너덜 떨어지려 하네

허허 세상에 바로 나였어

포트 홀*

우리 가족의 간극間隙은 늘 촘촘했어

소소한 일상들이 때때로 산화酸化되거나
환원還元되는 경우도 있지만
내가 치환置換되기를 거부하면
호수처럼 깊은 심연이 되어 우리는 적요했었지
바람조차 할 수 있는 건 햇빛 반짝이는 윤슬이 전부였어

십수 년 동안 내가 건설한 왕국은
평화로웠고 아름다운 것처럼 보여
정말이지 나는 아무런 문제가 없었다고 생각하며
내 안에 모두를 가두어 버렸어
스스로 당나귀 귀가 된 내가 철옹성처럼 나에게 포위당한 거야

호수에 물꽃이 피고
냄새가 진동하기 시작했지만
그 물을 먹을 수 없게 되었을 때도
영원하리라 착각을 한 거야

아이들이 가끔씩 하는 불평에도
흔들리고 넘어지며 아프지 않은 청춘이 어디 있느냐고

어른이 된 나도 하루에 수십 번씩 흔들릴 때가 있다며
버럭버럭 나만 따르라 했었어

내가 곧 불변의 법이었어

안 돼 그건 아니야 이래라저래라
질풍노도처럼 쏟아낸 말들이 심장을 후벼 팔 때도
나는 푸른 섬광 일어서는 비수로
카타르시스의 유희를 즐기며
잊혀지지 않아 용서되지 않는 상처가
오랜 시간 지나도 향기가 없다는 걸 몰랐던 게야

늘 숨죽이며 지뢰밭을 걸어온 사춘기 아들도
서른이 훨 넘어 혼기 꽉 찬 딸아이도
늘 기다려 주자는 아내마저 등을 돌려버렸어

가족은 이 세상에서 가장 아름다운 풍경이지만
아무도 내 편은 없었어

나는 바보처럼 무채색의 그림만 그린 거야
더 이상 덧칠도 할 수 없는 구멍이 뻥뻥 뚫린 화선지

순간순간의 이욕利慾 으로 나를 배반하고 말았어
내가 그린 건 그리움이 아니었어

끝내 바람을 막아주는 산도
꽃을 피우는 강물도 되지 못한 우둔한 애비였을 뿐
아낌없이 주는 나무가 되지 못하고
우리 가족의 포트 홀이 되어버렸다는 걸
이제사 알았어

어쩌겠나, 쓸쓸한 참회를 할 수밖에

*포트 홀(pot hole) : 도로나 아스팔트 노면이 혹한이나 폭설로 인하여 차량 충격을 버티지 못해 균열
　　　　　　　　이 발생해 떨어져 나가는 현상

달개비꽃

가을 하늘 닮은 꽃
달개비는
쪽빛 남색이다

하얀 낮달 따라
혼줄 놓던 어머니
이 세상 마지막 불러본 그 꽃

정신대 공출 피해 열일곱 시집와
평생 당신 허리
한 줌도 되지 않았지만

젊은 날 옥색 한복 너무 고와
달개비꽃 되는 하늘
하늘 되는 우리 어머니

마디마디 서러워
육십 평생 눈물이 나면

달개비는 별을 보고 웃는다
어머니는 달개비꽃을 보고 운다

추석

"찌짐이나 부침개가 한 근에 팔천 원 한다네"

늘 혼자서 차례상을 준비하는 아내가
안쓰럽기도 하고 미안하기도 하여
힐끔 눈치를 보며 조심스레 한마디 하지만
아내는 못 들은 척한다

이번 추석엔 괜히 힘들게 준비하지 말고
누구 올 사람도 많지 않은데 그냥 사서 하지 뭐
장을 보러 나서는 아내에게
다시 한번 인심쓰듯 말을 건네는데

"됐어요, 아직은 제 손으로 하고 싶어요?"

조상님들에게 숙제를 마친 아이처럼 아내가 고마웠다

당신은 내게 눈물이 되나요

겨울 하늘을
보면

어쩐지
눈물이 날 것 같아

바람 소리
그냥 지나치지만

여태껏
살아오면서

한 번이라도
당신 눈물 본 적이 없어

당신을
그리워하면서도

눈물을 닦으려 하지 않던
나

당신
이 세상 떠나신 후

아버지
어찌하여 당신은
내게 눈물이 되나요

그대 사랑 지천명으로 간직하며

빛바랜 앨범의 사진처럼
우리 사랑 늙어 가지만
사랑보다
더 한 인연으로
그대는 정한수였다네

모양도
아름다움도
색깔도
때론, 향기조차 없지만
성냄도
분노도
어려움도
모두가 생명의 소리로 깨어나는
그대 사람이라네

하여,
바람 부는 세상에도
윤슬처럼 빛나는 아름다움으로
그대 넉넉한 사랑
하늘 아래 소중한 사람임을

이제사
깨닫는 귀거래사
돌아보면 회한이 앞서네

용서하게나
하이에나의 처절한 생존의 야망을

그대는 내 어머니였네
스승이었으며
훌륭한 반려자였네

그대 사랑이 아니라면
내 인생은 부질없는 꿈인 것을
이제는 그대 소중함 지천명으로 간직하리

참고 참아

목이 메입니다

당신의 든든한 동행이 되지 못하였네요.

당신에게 기쁨도 드리지 못 하였네요

당신과 함께 작은 웃음조차 나누질 못 하였네요

그래도 꼿꼿 하셨지요

내색 한 번 하지 않으셨지요

천년학처럼 말을 아끼셨지요

참고 참아 병이 나셨던가요

아버지

아버지

당신의 사무치는 외로움도
밤과 낮이 있었나요

슬퍼한 적도 있었나요
때론 눈물도
흘린 적이 있었나요

웃는 일보다
한숨짓는 일이
더 많지는 않았나요

너무 쓸쓸하지는 않았나요
십삼 년의 기다림은

박태기나무 꽃 1

천지가 꽃 세상입니다
수없이 다니던 고향길이지만
오늘따라 가쁜 숨을 힘들게 몰아쉬는 당신은
너무 지친 모습입니다

어지럽게 스치는 바깥 풍경이 낯설고
차의 속도가 빨라질수록
주마등처럼 살아온 날들이 흔들리고 있네요

시간 반은 족히 달려 왔습니다
상주 공갈못 휴게소에는
수십 년 된 박태기나무가
수천의 분홍색 나비를 닮은
황홀한 꽃을 피우고 있습니다

지고지순한 생명을
가지가지마다 곱게 걸어두었네요

그래요 사람들은 멀리 떠나 있거나
아름다운 경치를 볼 때나
맛있는 음식을 먹게 되면

소중한 사람이 가장 먼저 생각이 나지요
사랑하는 사람이 눈에 밟히는 법이지요

혼자 보기가 아까워
한 걸음도 걷기 힘든 당신을 재촉하여
박태기 꽃나무 아래 마주하니

아버지
당신의 성성한 백발도
눈이 부시는 아름다움입니다

네가 봄이 된다

겨울바람이 천년의 가얏고 소리 뜯는다

밤새 제 살점 뭉텅이로 잘라내
고단한 나무 흔들리고 풀들마저 쓰러지면
백짓장처럼 하얗게 질린 계족산 굼뜬 기침을 하고

눈 한 번 붙이지 못한 가여운 동박새
어깻죽지 파닥이며 하얀 눈의 뼛속에
따귀바람 순장하는 이 새벽

내가 만나는 바람의 끝을 아들아 너는 보았느냐

바람은 허공의 삶이다
허상의 프리즘이다
흔들리는 것이다
외로움이다

끝내 누군가와 만나지 못한다면 살아날 수 없는
바람의 생명은 소리다

허공에서 이 지상에서

애비와 아들로 만나는 우리도 곧 바람이려니
한밤중 달려온 성근 눈바람에
흔들리고 넘어지지 않으려
국방색 탱자나무 부러지지 않는 가시가 되어
내 눈물의 향기마저 지워 버렸다

다시 나는 가시나무새가 된다
너는 바람으로 일어서
계곡 얼음장 밑 물 흐르는 소리 듣거라

제 몸 꽁꽁 얼어 흐르지 않는다면 봄은 오지 않으니
물이 물을 삼키며 끊임없이 흐르는
저 자유의 아우성이 곧 희망이다
누가 쓸쓸하고 황량한 겨울이라고 외면한 적이 있었느냐
이제 겨울은 우리의 희망이 아니다

오늘 아침 아직 날지 못하는
어린 곤줄박이가 나의 동행이었다
저 놈의 꿈도 필시 비상하는 것일 게다

아들아, 네가 봄이 된다

꽃향유

다정한 가을이여

벌 나비 불러
내 영혼 씻김굿 벌일 때

눈에
보이는 사랑

보랏빛 향기만을
탐하지 마라

살아 있는 것은
다 한 목숨이거늘

사람들아

그대 사랑
먼저 눈 닦고 볼 일이다

나팔꽃

샤워를 하는 중에도
나를 달구던 오르가슴
꽃이 되고

울컥울컥 쏟아놓은
황홀한 욕정
하늘 높이 올라

아침이면 한 번의 사랑으로도
섬뜩한 분단장을 한
경극 배우

청자색
진보라
분홍빛
아아 숨이 멎을 것만 같은 하얀색

덧없는 사랑 앞에
인생은 연극이라 했던가

쉰두 마리 파랑새

간절히 기도했지만
내 삶의 피의자가 된 건
판도라 상자를 도둑질한 때문이다

봉두난발한
삼복더위

육중한 철문은 잠겨버리고
절망의 바다에서
신열을 앓는 내 영혼

하늘이 없어
하얀색 콘크리트 천장에는
별이 뜨지 못하고

뒤돌아 보니
아무도 없는데

천길 벼랑 끝으로
날아가버린
쉰두 마리 파랑새

이제 그대의 별이 아니고

윤칠월 백중날
나의 하늘에는 오작교가 만들어지고

나는 이제 그대의 별이 아니고
그대가 나의 하늘이 되었다

지상으로 내려 앉은 나
한 줄기 바람으로 서성이면

그대는
반짝이는 아름다운
수천의 별이 되어

삼백육십오일
멈추지 않는 사랑으로
우린 그저 사랑할 뿐

하루에 한 번 만나지 못함과
하루도 그대를 사랑하지 못한다는 건
내 사랑의 순교이다

미치지 않고서야

전등불 켜듯이
찰칵하는 순간 이루어지는 것이
사랑이 아니라면

사랑한다고 말을 하는 순간
빛에 노출된 인화지처럼
모든 것이 사라진다 해도

미치지 않고서야
어떻게 사랑한다는 말을 할 수 있니

만약, 내가 당신의 보호색이 될 수 있다면
평생 지극한 그리움으로 남는 사랑보다는
욕심 사나운 사랑이라도

그대 창가에
오래도록 쓰러지지 않는
사랑이라고 불러도 좋을
별 하나로 뜰까

그래, 별이 빛나는 건 바람 때문이야

면회

하룻밤이 이렇게도 긴 적이 있었던가

화장도 하지 않고
속옷 챙기면서
울었을 당신

그런 당신
애처로워
똑바로 볼 수 없어

백치처럼
객쩍게
어금니만 깨무는데

금세
흥건히 젖어
사시나무처럼 떨고 있는
당신

이제 하룻밤이 지났을 뿐인데
어쩌려고

넋을 놓아

유치장 하얀 벽에
정지해버린 시간

그래도
무심한 바깥세상
문이 닫히면

단단했던 마음
또 허물어져

아아
내가 아니라
당신이 옥살이하고 있네

호랑거미

호랑거미,
그렇게 아름다울 수가 없어

법동 소류지를 지나 봉황정 오르는 길 바람 소리조차 갈무리되는 십수
년 된 탱자나무 울에는 온통 호랑거미들의 고대광실이 즐비한데 밤새 계
족산이 수정 같은 이슬방울을 나뭇가지 끝마다 걸어 놓았지 아침 햇살에
반짝이는 은실 꾸러미
　세상에 비단으로 지은 집이야

고요함이 없다면
누가
암살자의 집이라고 하겠어

절대 올무나 덫을 놓은 것은 아니야
화려한 무늬도 숨기지 않아
미식가도 아니잖어
먹잇감을 찾아 나서지도 않아
아름다운 세상 제대로 볼 수 없지만
오감이 아니더라도
기적으로도 살아갈 수 있는 걸

그냥 바람 소리 듣는 거야
바람이 생명이 있는 소리로 다가올 때까지
꿈을 낚을 뿐인데

호랑거미는,
인간의 야만스러움으로
독살자가 되어 버렸어

불고지죄

세상에서 살아 있는 것은 생명을 가진 것이라고만 생각했다

나무·벌레·짐승·꽃·새
그리고 사람

그런데 곰곰이 생각해보면 꼭 그런 것만은 아니다 벌거숭이 친구들이
수정돌을 주워 아침 저녁으로 쌀뜨물을 주고는 자기 돌이 더 많이 컸다고
우기던 기억 그래 생명유기체에는 최소한의 생명을 지켜내기 위한 생명
부양 환경이란 게 있어야지

햇빛·공기·바람·비·물·흙

그러나
사람 사는 세상에는
이것만으로는 어림도 없지

애끓는 그리움이 있어야
불같은 사랑이 넘쳐야
영혼의 몸짓도
생명으로 살아나는 법

삶의 크기 또한 그러하거늘

참 신기하게도 오늘은 육법전서 속에 파묻혀 잊고 지내던 성문법이 유
령처럼 되살아나 내 두 팔을 포승줄로 묶고는 수갑을 채웠어

불·고·지·죄

당신만이 나의 사람이다

지상의 사랑이 꽃을 피우는 건 당신 때문이다

당신을 만나기 전까지
날 수 없었던 나는
외눈박이 비익조

붉은 달 지고 나면
분분한 꽃잎들
하나 둘 떨어지고

서러움에 겨운 내가
하염없이 아득한 눈물 될 적에
신神은 내게 별을 만들어 주셨다

하늘의 별이 아니라
내 영혼의 불을 끄고 나서야 볼 수 있는 별
당신이 내게로 온 것이다

허투루 말하지 마라
하늘에 있던 또 하나의 비익조
이미 까마득한 세월의 인연이었거늘

천둥소리에 놀라는 사랑이 아니어라

당신은 기품 가득한 금강송이다
지고지순한 학이다
정갈한 조선의 정경부인이다
우린 푸른 달빛에도 일렁이는 사랑이다

어찌 천상의 사랑만이 아름다우랴
당신이 금쪽같은 당신이
다시 내 영혼의 불을 지핀다
사랑의 화인을 찍는다

당신만이 나의 사람이다

새로운 시각으로 보여주는
사랑학의 진한 화폭

문희봉 | 시인, 전 대전문인협회 회장

권득용 시인의 근작시의 두드러진 특징 중의 하나는 점액질 같은 사랑
에의 개성적인 접근이다. 시적 진술이 유연하고도 감칠맛 나는 수사학에
이르고 있다. 밀도 있는 수사학의 완성으로 시의 계단에서 이탈하지 않고
내일을 환하게 장식하고 있으며, 특히 권 시인의 「당신만이 나의 사람이
다」라는 시는 부부애의 전형을 노래하고 있어 주목 받는 시 중의 하나다.

부부는 항상 서로 마주보는 거울과 같은 것이다. 부부는 평행선과 같
다. 부부는 무촌이다. 부부는 반쪽과 반쪽의 만남이다. 부부는 한쪽 발 묶
고 같이 걷는 사람이다.
내 청춘의 광장에 초대된 그대, 내가 뛰어들 수 있는 사랑의 바다가 있
다는 것은 놀라운 기쁨이다. 나는 그대에게 이미 사랑의 화살을 당겼다.
당신을 사랑하는 사람이 하나도 없다면 그건…… 내가 이 세상에 없는
까닭일 거다. 당신이 날 사랑해야 한다면, 오직 사랑을 위해서만 사랑해
달라. 그리고 부디 "미소 때문에, 미모 때문에, 부드러운 말씨 때문에 그

리고 또 내 생각과 잘 어울리는 재치 있는 생각 때문에 그래서 그런 날엔 나에게 느긋한 즐거움을 주었기 때문에 당신을 사랑한다."고는 정말이지 말하지 마라. 오직 사랑을 위해서만 날 사랑해 달라. 그대와 함께 있으면 전부가 사랑인데 또 무엇을 바라겠는가?

부부간의 사랑은 신의, 배려, 베풂에서 비롯되는 것이겠다. "우리 부부 제대로 살고 있을까? 한 번만이라도 우리 부부 제대로 살고 있는 거야? 나는 제대로 살고 있는 거야?"라고 의문을 던지며 살아가는 부부들도 있다고 들었다.

권 시인에게는 이런 질문은 웃음거리가 될 수밖에 없을 것이다. 누구나 "불행에서 벗어날 수 있는 것이며, 불행을 예방할 수 있는 것이다."라고 말해주는 것 같다. 권 시인은 그의 시에서 아내의 실명을 그대로 노출하기도 한다. 시인은 아내에 대한 사랑의 도度를 진하게 더해준다.

남자는 성공하면 십중팔구 한눈을 판다는데 권 시인은 그런 얘기하곤 절대 무관한 사랑을 한다. 그런 사랑학은 아내를 위한 장편의 시 「I love young mi」 속에 이미 모든 것이 다 담겨 있다. 그는 「당신만이 나의 사람이다」에서 당신을 만나기 전까지 날 수 없었던 외눈박이 비익조였다고 고백한다. 당신을 만나고 나서 완전한 기러기가 되었다. 당신은 기품 가득한 금강송이고, 지고지순한 학이며, 정갈한 조선의 정경부인이다. 그러니 "당신만이 나의 사람이다."라고 단언해서 말할 수 있는 것이겠다.

아마도 권 시인의 아내는 "나는 몽당연필이 되고 싶다. 낡은 전축이 되겠다. 당신의 정원에 가득가득 채워질 청포도가 되겠다. 기다림에 익숙한 당신의 사람이 되겠다. 향기로운 꽃이 되겠다. 한 그루의 나무가 되겠으니 어서 당신은 작은 램프가 되어 어두운 내 가슴을 비춰 달라."고 화답하지 않을까? 사물을 보는 시각이 다른 사람과는 본질적으로 같지 않음을 말해주고 있다.

　권 시인은 아내에 대한 각별한 애정을 표출하고 있다. 바람 많은 가을 강가에 서로 어깨를 기댄 채 살아가는 갈대이었음 좋겠다는 생각을 하고 있다. 당신을 만남 자체가 행복이다. 내 삶의 끝자락에 사랑으로 다가온 당신은 내가 살아 있는 이 생에 마지막 사랑이고 싶다. 장미꽃이 아름다운들 당신 미소만큼이나 더 어여쁘고 아름답겠는가? 당신은 내 마음에 사랑꽃이며, 가슴속 깊은 곳에 끝도 없이 솟아오르는 사랑의 샘물이다. 당신을 정녕 사랑한다. 사랑의 고차원 방정식의 해법은 존경, 배려, 베풂이라 누우이 말하고 있다. 이 세상에서 마지막으로 나를 안아 준 사람이다. 내 눈물 닦아주며 가슴으로 함께 울어 준 사람이다. 보잘것없는 내 삶 속으로 들어와 작은 등불 하나 밝혀 준 사람이다. 눈부신 세상이 있다는 걸 처음으로 느끼게 해준 사람이다.

　그리하여 권 시인은 시적 화자와 통일된 몸을 향하면서 자신만의 고귀한 사랑학을 누에고치처럼 술술 풀어놓는다. 다양하게 펼쳐지는 개별 의식을 통해 시인 자신의 존재 근거이자 궁극적 귀의처가 되는 일종의 사랑에 대한 근원을 완성한다. 삶의 깊은 체험이 주제와 언어 속에 드러나고 작품을 쓰는 태도가 진지하며 표현도 힘차다.

　이러한 근원적 자기 기억을 구체적 형상으로 환기함으로써 인간 존재의 형식에 대한 질문에 확실한 답을 하고 있는 것이다. 새로운 감각과 언어를 통해 보여주고 있는 사랑학의 진한 화폭이다.

살아 있는 것들의 아름다움

제2부

어, 지구온난화란데
왜 이리 추운 거야

우리는 협동조합 방앗간 뒷방에 모여 / 묵내기 화투를 치고…… / 들과 산은
온통 새하얗구나 / 눈은 펑펑 쏟아지는데 / 쌀값 비료값 얘기도 나오고 / 선생
이 된 면장 딸 얘기도 나오고 / 서울로 식모살이 간 분이는 / 애기를 뱄다더라
/ 어떡할거나
　— 신경림의 「겨울밤」 일부

이 시를 읽으면 오래전 시골의 정겨운 겨울 밤 풍경들이 동화 속 얘기
처럼 눈에 선하게 떠오르지만 올겨울은 너무 추웠다. 사는 게 힘들고 팍
팍하다 보니까 조금만 찬 바람이 불어와도 몸이 웅크러들며 더욱 춥게 느
껴진다. 많은 사람들이 지구온난화라는데 왜 이리 춥냐고 반문하고 있지
만, 사실은 우리 스스로 환경의 위기와 심각성을 잊고 살아오면서 봄 여
름 가을 겨울을 버린 까닭이다. 그리하여 부메랑이 되어 바람이 난 엘니
뇨, 라니냐가 기후를 미치게 만들어버린 지구온난화는, 우리 인간들의 오
만과 탐욕의 산물이며 올겨울 추위의 원인은 지구온난화 때문이라는 사
실에 동의해야 할 것이다. 이미 지구는 오랫동안 열병을 앓아왔다. 그리

하여 해빙이 녹으면서 북극의 대기 온도가 상승하여 극제트의 기류를 약화시키면서 북극 상공의 찬 공기가 중위도 지역인 한반도로 내려와 한파를 몰고 온 것이다. 우리가 감기에 걸렸을 때 몸에서 열은 펄펄 나지만 으시시 춥고 덜덜 떨리는 이치다. 그러나 아무리 가벼운 감기라 하더라도 그까짓 거 하면서 오래 방치해 두면 끝내 폐렴으로 발전되어 우리의 소중한 목숨까지 앗아갈 수 있다는 사실에 유념해야 할 것이다.

얼마 전, 어느 유명한 목사님이 종편 방송에 나와 '미친 사람은 스트레스를 받지 않기 때문에 암에 걸리지 않는다'라고 특강을 한 적이 있다. 그래도 암에 걸린다면 그것은 설 미쳤기 때문이란다. 그러고는 미친 사람의 우스꽝스러운 포즈까지 연출하여 MC, 패널, 방청객이 박장대소하는 것을 보고 실소를 금할 수 없었다. 의학적으로 암의 원인이 스트레스가 가장 크다고 하지만, 단순히 암에 걸리지 않으려고 세상 사람들이 다 미쳐 버린다면 과연 온전한 세상이 될 수 있을까. 인간의 존엄한 생명과 건강을 놓고 주객이 전도된 위험한 발상이 너무 가볍다는 생각이 들었다. 웃기자고, 시청률을 올리려고, 재미있게 하려는 의도였겠지만 아무리 생각해도 뒤끝이 영 개운치 않았다.

가벼운 웃음은 결코 진실하지 않다. 우리는 살아오면서 늘 불편한 진실에 대해 말하거나 고통을 감내하면서 고치려고 하지 않고, 찰나의 쾌락과 말초적 웃음에만 환호하고 있었다.

환경의 문제도 그러하다. 지구가 미쳐버린다면 어떻게 되는가?

끔찍한 상상이겠지만 정말 큰 일이 아닌가. 그러나 믿고 싶지 않겠지만 지구는 벌써 미치기 시작했고, 현실로 나타나고 있는 지구촌 곳곳의 이상 기후인 폭염, 폭풍, 폭우, 혹한에 몸살을 앓고 있는 징후들이 그 반증이 아니겠는가.

사실 지구온난화에 대한 위기는 오래전부터 제기되어 왔지만, 1972년 6월 5일 스웨덴의 스톡홀름에서 국제회의 이후 40년이 지난 지금까지 우리는 정직하지 못했다. 나 하나쯤이야 하고 수수방관해 왔다. 그러나 사람들은 누구나 깨끗하고 쾌적한 환경에서 살아가기를 바라면서도, 좋은 환경을 만들어 가는 일에 동참하는 것은 불편하고 귀찮게 생각하는 경향을 가지고 있었다. 지구온난화는 비단 우리나라만 겨울을 춥게 만들지 않았다.

그렇다면 이제 미친 지구를 어떻게 이해하고 해석해야 할 것인가?
우리에게 직면한 지구온난화는 세계 경제 위기, 유가 상승, 식량 위기로 이어져 우리 삶의 질을 위협하는 미래의 재앙으로 대두되었음을 인식해야 할 것이다. 개발과 경제, 산업화와 각자 개인들의 행복과 편리함만을 추구한 성장과 경제 위주의 가치관은 결국 지구온난화의 임계점에 도달하여 지구 생태계를 파국으로 이끌 것이다. 우리 인간들이야 아프면 병원을 찾아가면 되지만, 나무와 풀과 꽃, 온갖 새와 짐승들은 어떻게 할 것인가, 자연이 건강하지 않고 파괴된다면 그 피해는 고스란히 인간에게 되돌아온다. 우리가 불편과 고통을 감수하면서 치유할 수밖에 없다.
이제는 립 서비스와 지식의 차원이 아닌 우리 스스로가 행동 변화를 통해서 환경보전을 실천할 때만이 우리도, 자연도, 지구도 다시 건강해질 수 있을 것이다.

올해처럼 추운 겨울이 싫다면 우리는 한 번쯤 숲속의 사람이 되어 나무들의 벗이 되어 시시콜콜하고 사소한 것들로부터 우리들의 생각을 머물게 해보는 것은 어떨까. 오늘처럼 눈이 그치고 난 뒤 온통 매연과 먼지와 염화칼슘을 뒤집어 쓴 칙칙한 가로수를 보며 도심을 걸어보자. 어쩌면 우리와 닮은 나무들이 저 모습으로 봄에 새잎을 틔울 수 있을까 걱정을 해 보는 것도 다시 한 번 환경을 소중하게 생각하는 일일거다.

1월은 해오름달이며 다시 새롭게 출발하는 달이다.
다이어트, 절주, 금연, 취미 생활, 건강 등 모든 이들에게 각자의 새해 소망이 있겠지만 새해에는 환경에 대한 책 한 권을 꼭 읽어보는 것은 어떨까.

이미 그대가 지구의 희망이니까.

그대도 누구에게
포트 홀이 된 적 있는가

포트 홀pot hole이란 토목 사전에 나오는 용어이다.

금년에는 유난히 잦은 폭설과 혹한으로 제설시 뿌려진 염화칼슘과 녹은 눈들이 아스팔트 사이에 침투해 반복적으로 얼었다 녹았다 하여 결합력이 약해진 아스팔트가 차량의 충격에 균열이 생겨 떨어져 나가는 현상이 어느 때보다 많이 나타나고 있다. 눈이 녹은 시내 도로와 아파트 진입로도 온통 구멍 투성이다. 대청호를 끼고 있는 경부고속도로 폐도로는 더욱 위험하다. 한때는 근대화의 상징이었던 이 경부고속도로가 제 몸 하나 간수하지 못하고 온통 상처 투성이로 늙어 가고 있다.

우리가 운전을 할 때 예상치 못하게 만나게 되는 포트 홀은 아무리 조심해도 여간 마음이 쓰이는 일이 아니다. 급제동을 하거나 곡예 운전으로 교통사고를 유발할 뿐만 아니라 차량에도 손상을 가져오지만, 언제 또 폭설과 혹한이 닥칠는지 보수 공사는 엄두도 내지 못하고 있다. 그나저나 저 멀쩡하던 도로에 포트 홀이 생긴 건 하루 이틀에 일어난 일은 아닐 것이다. 우리도 모르는 사이 조금씩 생겨나 도로를 망가뜨리고 있는 것이다.

그러나 포트 홀이 어찌 아스팔트 도로에만 생기겠는가.

우리가 최선을 다해 살아온 순간순간의 궤적들이 내 자신 혹은 타인에게 저런 포트 홀 하나 만들지는 않았겠는가. 나의 이기적인 생각과 말 한 마디가 상대방을 불편하게 하고, 분노하게 만들고, 상처를 주어 서로를 미워하며 용서하지 않고 살아온 것은 아닌지 곰곰이 생각해 볼 일이다.

그럼에도 불구하고 우리는 지금도 포트 홀을 양산하고 있는 사회에 살아가고 있다. 북한의 핵 실험이 그러하고, 보수와 진보, 정부부처 간의 이해관계, 세대 간의 갈등, 대기업의 골목상권 침해, 난무하는 성폭행범, 더 나아가서는 무분별한 개발과 4대강 사업 등으로 인간이 자연에게 포트 홀을 만들고 있다. 그러나 무엇보다 중요한 건 도로에 생긴 포트 홀보다 우리 스스로 만든 포트 홀을 생각지도 않게 만날 수도 있다는 사실을 간과해서는 안 된다.

박근혜정부 출범에 앞서 국무총리와 헌재소장 후보자 사퇴와 새로운 내각 후보자 임명을 두고 언론이나 국민들의 갑론을박 많은 논쟁이 계속되고 있으나 청정한 1급수의 공직후보자들을 찾아내는 일은 쉽지 않은 모양이다. 출세와 가문의 영광이지만 신상털기에 망신을 당할까봐 선뜻 나서는 사람이 없다고 한다. 진즉에 성공의 기회가 올 줄 알았다면 처음 공직에 입문할 때부터 자기관리를 잘 할 것을 후회하면서 가슴을 치는 이도 있겠지만 우리가 늘 간직하고 있는 기억의 실체는 무엇인가, 젖 먹을 때부터 지은 죄를 기억한다는 건 실제 선과 악에 대한 분별력 즉 정보적 존재가치를 대입하지 않고 그저 생물학적 사실만을 인식하고 있는 건 아닐까.

우리의 삶은 누구에게나 고귀하고 소중한 것이다.

누군들 자기 인생에 일부러 흠집을 내며 살아가는 사람이 어디 있겠는가. 그대도 출세나 성공, 부자가 되기 위해서 또는 권력 앞에서 아부하거나 불의를 보고 한 번쯤 눈 감아 본 적은 없는가. 청맹과니가 되어 모른 척한 적은 없었는가.

우리는 빗나간 자식 사랑과 잘나가던 시절 한때의 부적절한 처신들로 인해 지금까지 살아온 위대한 인생이 청문회에서 한순간에 무너지는 것을 보면서 분노하거나 또는 안타깝게 생각하는 경우도 있었다. 이 모두가 산업화 시대를 거치면서 과정보다는 결과를 중시해 온 승자 독식의 사회로 줄달음쳐 온 결과가 아닐까 한다.

이제 시대의 가치관이 바뀌고 새로운 정의와 소통 앞에 우리 모두는 대한민국 미래의 공동주주이다. 누구나 평등한 자유와 복지를 나누어 가지며 청년 실업자, 빈곤층, 비정규직 노동자, 다문화 가정들이 손을 잡고 어깨를 다독이며 함께 가야 한다.

우리는 눈앞에 보이는 것보다 보이지 않은 더 많은 것들을 위하여 정직하게 이타적인 삶을 살아가야 할 것이다.

인간은 자신이 얼마나 행복한지 알고 싶으면 거울을 볼 것이 아니라 상대방의 얼굴을 보라고 했다. 가족은 이 세상에서 가장 아름다운 풍경이라 했지만 나도 사춘기 아들과 혼기 꽉찬 딸에게 일상처럼 해 온 잔소리들이 포트 홀이 되어버린 건 아닌지 염려스럽다. 오늘 아침 아내의 얼굴도 마냥 행복하지만은 않았다.

부디 박근혜정부의 성공을 빌며 포트 홀이 없는 대한민국이 행복해지기를 소망한다.

생태맹을 잊고 살아가는
그대들에게

지난겨울의 혹한과 폭설은 이미 흑백의 실루엣이다.

국문학자 양주동 선생은 봄은 겨우내 언 땅밑에 있던 만물들이 날씨가 풀리며 대지로 나와 세상을 다시 본다고 해서 봄이라 하였고, 봄은 '~을 보다'라는 말이 어원이 되어 새로운 시작을 보라는 의미라고 한다. 일반적으로 봄은 아가들이 아장아장 걷는 속도로 온다. 1초에 40cm씩 제주도의 봄바람이 남해를 건너는데 5일, 서울까지 440km는 13일이 걸린다고 한다. 그러나 봄은 꼭 남쪽으로부터 오는 것만은 아니다. 도시의 인구 집중과 고층 빌딩 난방기기의 인공열, 자동차 배기가스와 대기 오염 물질의 의한 온실효과, 아스팔트와 콘크리트 포장 확대와 녹지지역 축소 등 도시의 열섬현상heat island으로 인해 기온이 교외보다 평균 3~4℃ 높아 일찍 찾아오는 도시의 봄을 우리는 먼저 만나고 있다.

올해는 사람들이 기후가 미쳤다고 말할 정도로 낮과 밤의 기온차가 심한 롤러코스터Roller Coster가 되는 봄을 맞이하고 있다. 계족산 법동 소류지를 왼쪽으로 지나 계곡을 오르다 만나는 개구리와 도롱뇽 알을 보면 분명 봄이지만, 꽃샘추위 때문에 아직은 온산을 다 뒤져도 봄 야생화 꽃을 만나기는 어렵다. 설령 꽃을 보더라도 그 이름을 아는 사람은 많지 않다. 하긴 요즘같이 바쁜 세상에 그까짓 나무, 새, 꽃, 벌, 나비 흔해 빠진 풀이름 하나쯤 모른다고 우리가 살아가는 세상이 어찌 되는 건 아니겠지만, 우리 인간도 자연의 일부라는 사실에 동의한다면 자연과 친해지려는 노력들이 꼭 사치스러운 생각만은 아닐 것이다.

우리는 지금 생태맹生態盲이라는 사실을 잊고 살아가고 있다.

글을 읽고 쓸 줄 모르는 문맹이거나 컴맹이라면 부끄럽게 생각하면서도, 자연의 아름다움, 자연과 화합하면서 함께 살아가는데 필요한 지혜, 정서 공감의 가치를 옳게 인식하지 못하고 점점 생태맹이 되어 간다. 그러다보니 우리 아이들도 꽃집에서 파는 장미나 안개꽃 말고는 야생에서 자라는 꽃이나 나무 이름은 관심이 없다. 꽃은 모두가 같은 꽃이며, 나무는 그냥 나무라 해도 불편함을 모른다. 사실 컴맹이나 문맹은 자신에게는 불편하겠지만 생태맹은 자연과 환경 그리고 우리 인간의 소중한 생명과 지구의 모든 생명체들 뿐만 아니라 우리의 미래조차 위험하게 만든다.

그럼에도 불구하고 대부분의 사람들은 우리가 자연과 더불어 살아간다는 사실을 잊고 있다. 하늘이 없는 아파트에서 살아가면서 밤하늘에 순정한 별들이 얼마나 아름다운지 노루귀, 바람꽃, 복수초, 제비꽃, 구절초의 예쁜 꽃 이름이나 동박새, 곤줄박이, 딱새, 직박구리도 식물이나 동물도감 같은 백과사전이나 인터넷에서 만날 뿐, 우리들의 관심사는 오직 자녀들의 공부나 잘 먹고 잘 사는 일이 아닌가 한다.

사실 우리 아이들은 너무 바쁘다. 학교가 끝나기 무섭게 영어, 수학학원이며 태권도, 바둑, 스피치 등 이루 셀 수 없는 학원 순례에 혹사당하고 있다. 휴일도 없이 밤 늦게 돌아오는 아이들에게 한가하게 나무나 풀, 꽃 이름을 이야기하는 것이 생뚱맞기는 하지만, 감성이 풍부한 아이로 성장하기를 바란다면 손해 보는 일만은 아닌 것 같다. 온실 속에서 자라는 화초는 비닐 지붕이 날아가면 금방 시들거나 죽지만 야생에서 자라는 꽃이나 나무는 추운 겨울이 지나 봄이 오면 다시 새싹을 띄운다. 우리 아이들이 세상을 머리로 아는 것보다, 자연을 통해 세상을 온몸과 가슴으로 느끼며 살아간다면 더욱 건강하고 행복한 삶을 영위할 수 있을 것이다.

이제라도 우리는 자연과 함께 공생하고 상생하는 삶의 방식을 찾아야 한다.

아이들이 자연과 어울려 친해지도록 우리 어른들이 먼저 자연에 다가가야 할 것이다. 올봄에는 동백꽃이 뚝뚝 지기 전에 아이들과 함께 한 번쯤 꽃 마중을 나가 보는 것은 어떨까. 산수유와 진달래, 할미꽃이라도 좋다. 이참에 잊고 지냈던 사랑하는 아내의 이름을 다정하게 불러 주는 것처럼 아이들에게도 나무나 꽃 이름을 부르게 하여 생태맹ecological lilteray에서 벗어나게 하는 것이 지구를 살리는 일이다.

이미 찬란한 봄은 우리 곁에 와 있다.

생태계의 시계가
빨라지고 있다

자세히 보아야 예쁘다 / 오래 보아야 사랑스럽다 / 너도 그렇다

— 나태주 「풀꽃」 시 전문

천지가 꽃 세상이다.

겨우내 묵언 수행하는 수도자처럼 초연하던 나무와 풀들이 스스로 벌거벗은 몸뚱이에 저마다 형형색색의 꽃을 피우는 자연의 경이로움에 찬사를 보내며 아마 꽃을 싫어하는 사람은 아무도 없겠지만 사람이 꽃보다 아름답다는 말은 잠시 접어두자.

소설가 김훈은 『내 젊은 날의 숲』에서 '꽃은 식물의 성기性器라는데 눈을 뚫고 올라온 엘레지꽃은 진분홍빛 꽃잎을 뒤로 활짝 젖히고 암술이 늘어진 성기의 안쪽을 당돌하게 열어 보였다' 라고 묘사하고 있다. 상상만으로도 요염한 꽃 얼마나 도발적인가, 꽃이 아찔한 유혹이 된다. 성기라는 표현이 점잖지는 않지만 어눌한 말씨의 앙드레 김도 아마 환타지라고

연신 감탄할 수밖에 없는 사월의 꽃들이 정말 눈부시게 아름답다. 앞서거니 뒤서거니 피어나는 저 꽃들을 누구라서 훔쳐보지 않을 수 있으며 어찌 사랑스럽고 이쁘지 않다고 하겠는가. 꽃을 본 나비가 담장을 넘듯이 심술궂은 바람도 그냥 지나치지 않고 찰나의 사랑인 줄 뻔히 알면서 꽃의 심장에 큐피드 화살을 마구 쏘아댄다. 이윽고 꽃들은 허공에서 지상으로 이별하는 사랑이 된다. 분분한 꽃잎이 사랑의 절정 뒤에 오는 적요로 생명을 잉태하고 사월은 첫사랑처럼 속절없이 그렇게 가고 있는데 어찌해야 하나, 꽃이 피고 지는 자연의 생태계 시간은 자꾸만 빨라지고 있다.

지난 100년 동안 우리나라의 기온은 약 1.5도 상승하였다. 당연히 동물과 식물들의 생체 리듬이 바뀌고 꽃 피는 시기도 빨라졌으며 나무 심기에 적당한 시기도 한 달이나 앞당겨 졌다고 한다. 그러나 기후 변화로 식목일만이 바뀌는 것은 아닐 것이다. 지금처럼 기후 변화가 빠르게 진행된다면 머지않아 우리나라는 곧 아열대 기후를 맞게 될 것이다. 일상처럼 우리는 지구온난화를 이야기하지만 점차 빨라지고 있는 생태계의 시계를 벤자민 버튼의 시계처럼 거꾸로 되돌릴 수는 없는가.

생태계의 시계는 곧 기후 변화에 따른 인류 생존의 위기감을 시간으로 표시한 것이다. 1992년 브라질의 리우 환경회의에서 세계환경재단과 아사히 그라스재단이 전 세계의 정부와 지방자치단체, NGO, 학계, 기업 등의 환경전문가들이 평가를 하여 매년 9월에 발표하고 있다. 인류 생존이 불가능한 것은 12시이다. 우리나라는 작년에 매우 불안한 9시 32분으로 세계 환경 위기의 시계보다 9분이나 빨랐다. MB정부가 저탄소 녹색성장 산업을 빌미로 부동산 경제 활성화 법안을 만들고, 그린벨트 해제와 습지 매립 허가, 수도권 규제 완화와 4대강 개발로 시대에 역행하는 환경정책의 결과이다. 물론 환경 위기의 시계가 빨라지고 있는 주요 원인으로는 지구온난화, 물 부족, 식량문제, 삼림훼손, 사막화, 생물 다양성 문제 등을 들 수 있지만 불필요한 에너지 과소비와 전체 에너지 사용량의 97% 수입, 그리고 음식물 쓰레기 발생량이 연간 12조 원에 달하는 등 아직도 환경에 대한 우리 국민의 후진성은 생태복지조사 대상국 180국가 중 162위이다. 이제는 지속가능한 발전보다는 환경생태복지에 관심을 가져야 할 때이다. 정부와 지자체 NGO, 국민 모두의 노력이 필요하겠지만 박근혜정부는 하루 빨리 생태계를 활용한 쾌적한 삶과 사람의 건강성 회복이라는 생태계 복지eco welfare 페러다임을 구축해야 할 것이다.

사월에 눈이 내리고 진눈깨비가 춘몽을 깨운다. 꽃들은 저리도 화려하게 피어 났지만 벌과 나비가 보이지 않는다. 엇박자가 나버린 사월의 생태계 그러나 아직 늦지 않았다. 자연의 소비자인 우리 인간이 작은 행동을 바꾸는 것만으로도 침묵하는 봄을 깨워낼 수 있으며 환경은 생명의 조형언어임을 소중하게 생각한다면 자연이 때를 늦추는 법은 결코 없을 것이다.

아버님 전 상서

아버지, 다시 오월이 왔습니다.

당신과 함께 보았던 박태기나무 꽃은 저리도 붉게 피어 한창인데 해마다 이맘때가 되면 당신 생각으로 자꾸만 마음이 짠해집니다. 폐암 말기라는 것을 숨긴 채 가쁜 숨을 몰아쉬며 힘들어 하는 당신을 모시고, 이 세상 마지막 풍경을 여행할 때 억장이 무너지는 슬픔이었습니다. 차를 세우고 당신 몰래 돌아서서 눈물을 삼키며 당신과 이별을 준비하던 때가 엊그제 같기만 한데 아버지, 어제가 벌써 당신의 여섯 번째 기일이었습니다.

그러나 이 못난 자식은 아직까지도 당신을 보내드리지 못하고 당신을 그리워하고 있습니다.

스무 해 전, 어머님이 세상을 뜨신 후 제 딴에는 효도를 한다고 한 풍신風神이 이제와 곰곰이 생각해보니 견마지양犬馬之養을 한 것만 같아 부끄러움과 죄스러움이 회한으로 다가오는 까닭이겠지요. 사람들은 밤이 되어야만 빛나는 가로등이 골목길에 서 있다는 사실을 아는 것처럼 부모님 살아계실 때 잘해드리라는 말을 귓전으로 흘러버렸습니다. 아버지, 당신의 소중함을 까맣게 잊고 살아온 지난날의 불효들이 오랜 세월 흐르고 나면 용서될 수 있을까요. 당신과 함께 한 오십여 년의 세월보다 당신 떠나 보낸 여섯 해가 더욱 가슴 시린 것으로 이 자식놈의 불효가 용서될 수 있다면 저는 죽는 날까지 아버지 당신을 그리워할 겝니다.

아버지, 오늘은 참 오랜만에 어버이날을 보내면서 살아생전 당신이 사랑했던 아들, 며느리, 손주의 안부를 전해 올릴까 합니다.

큰딸아이는 오는 8월이면 석사학위를 끝내고 귀국합니다. 아마 내년쯤에는 좋은 짝을 찾아 결혼을 시켜야 하겠지요. 당신이 계신다면 얼마나 기뻐하실 일인가요.

초등학생이었던 아들놈은 어느 덧 사춘기 청년이 되어 늠름한 모습이 든든하기도 하지만, 가끔 그 녀석이 방황하는 모습을 볼 때마다 당신 속을 무던히도 썩였던 혈기방장했던 저의 젊은 날이 오버랩 되어 괜시리 아들놈에게 목소리가 작아집니다. 저는 경황없이 당신을 떠나 보낸 후 수염도 깎지 않은 채 칩거하면서 당신의 몸속에서 자라고 있는 암세포보다 몇 천 배나 더 간악한 암 덩어리가 되어 당신을 집으로 모시며 천 번 만 번 용서를 구하였지만, 당신은 하늘나라 사람 되어 처음 오셨던 길 휘이휘이 가시고 까마득히 혼절하는 호곡성. '아버지, 인연의 아픈 그 이름이여' 하며 당신을 그리워하는 마음으로 당신의 기일 일 주년에 시집을 만들었었지요.

그리고 지난 4월에는 그동안 벼르고 벼르던 당신 산소가 있는 고향 땅에 조그마한 사과나무 밭을 마련했습니다. 사실 귀촌을 하기 위한 것이 아니라 한 번이라도 당신을 자주 찾아 뵙고 싶은 마음에서 아버지라는 인연의 끈을 아들놈에게도 만들어 주고 싶어서 였습니다.

아버지, 그랬어요. 살아오면서 힘들거나 어려울 때마다 어머니를 먼저 떠나 보내시고 무척이나 외로웠을 당신에게 참 많이도 투정을 부렸네요. 잘난 척도 하였지요. 그래도 당신은 저를 무척이나 자랑스러운 아들이라고 늘 말씀해 주셨지요.

당신이 살아계셨더라면 "그래. 애비야, 수고했다. 잘했다." 하시면서 칭찬을 해 주셨을텐데 이제는 잘하든 못하든 당신은 아무 말씀이 없으시고 오늘따라 당신의 빈자리가 왜 이리 허전하게만 느껴지는지요. 밥을 먹을 때나, 술을 마실 때도 기침 소리도 걸음걸이까지도 당신을 닮아가고 있는 나의 모습에서 아내는 가끔 당신 생각으로 눈시울을 붉힌 답니다.

아버지, 효경孝經에 이르기를 '신체발부는 부모님에게 받은 것이며, 이것을 훼손하지 않고 살아가는 것이 효孝의 시작이며, 입신하여 사람의 도리를 행하고 이름을 후세에 날려 이로써 부모님을 빛나게 함'이 효孝의 완성이라 하였지요.
그래요. 아버지 당신에게 다하지 못한 불효를 씻는 일은 이제라도 세상을 반듯하게 살아가면서 당신처럼 좋은 아버지가 되는 것이겠지요. 오늘 밤에는 이 편지를 들고 꼭 당신을 만나러 갈 것입니다. 아버지 당신이 나의 영원한 텍스트text이기 때문입니다. 부디 평안히 계십시오.

로드 킬

　한 해의 달력이 어느새 절반을 지나 세상이 온통 녹음으로 짙어지고 금세 등줄기를 흠뻑 젖게 하는 6월. 담장마다 선홍빛 덩굴 장미가 요염하게 피어 집에만 있기에는 도저히 감당할 수 없는 유혹에 입심이 걸쭉한 남정네 셋이 모여 작당을 하고는 그림을 그리는 색色 쓰는 아내들과 함께 여행을 떠났지요.

　6월이 지나가는 곳곳에는 꽃들이 한창입니다.
　순정한 신부를 위한 마가렛꽃이며 야생화가 되어버린 금계국, 별 따위는 필요 없는 낮달맞이꽃이며, 미인송 가득한 문경새재 계곡에 피어난 하얀 산딸나무 꽃도 보았지요. 뻐꾸기 울음소리에 열정으로 가득한 L시인이 스마트폰을 열어 홀딱 벗고 새소리를 들려줍니다. 원래 홀딱 벗고 새는 검은등뻐꾸기로 울음소리가 '미미미도'라는 이 네 음절의 리듬 때문에 듣는 이의 감정에 따라 제각각 들리지만, 우리는 그냥 욕심도 성냄도 어리석음도 홀딱 벗고, 엉큼한 사랑도 홀딱 벗고 한바탕 요절복통을 하였지요. 이순耳順이 다 된 나이에 꽃과 나무와 새소리에 깔깔거리는 아내들을 보며 맞장구를 쳐 주는 것도 쏠쏠한 사랑이려니, 흔한 개망초꽃처럼 흥허물없는 중년들의 하룻밤은 감꽃들이 총총한 별들로 피어나 여름밤은 짧기만 하였습니다.

그러나 문경새재와 단양 월악산 천 리 길을 가고 오는 고속도로와 국도, 또는 한적한 시골길에서 예외없이 처참하게 죽은 동물들의 사체를 지나칠 때마다 잠깐 간이역에 들를 것처럼 주춤거리며 자동차의 속도를 줄였지만 마음이 편치 않았습니다. 아무리 보잘것없는 짐승의 주검이라도 보는 이의 마음을 아프게 하는 법이지요.

로드 킬Road Kill은 자동차에 치어 죽은 동물 혹은 자동차로 동물을 치어 죽이는 행위를 말합니다. 자동차는 인간의 생활을 편리하게 하고 삶의 질을 높이는 최고의 발명품이지만 동물들에게는 죽음의 사자가 되어버렸습니다.

이제 로드 킬은 심각하며 그 종류도 다양하여 조사된 바로는 포유류 16종, 파충류 10종, 조류 38종, 양서류 8종으로 흔히 목격하는 너구리, 족제비, 고라니, 노루, 뱀, 새, 개구리, 고양이, 개들이 있으며, 지역별로는 강원도, 경북, 전남, 국립공원 순으로 로드 킬이 많이 발생한다고 합니다.

우리나라는 전국의 도로가 10만km가 넘지만 야생동물들의 안전을 위한 시설은 국도나 지방도로에서는 거의 찾아볼 수 없으며, 그나마 고속도로에는 생태육교, 생태터널 등 53개소만이 설치되어 있고, 야생동물 유도 울타리도 겨우 1,113Km에 그치고 있습니다.

우리는 로드 킬이 해마다 발생되는 원인을 단순히 야생동물의 개체수 증가로만 돌리는 것은 옳지 않다고 생각합니다. 이제 시골 구석구석까지도 거미줄 같은 도로망이 연결되어 중앙분리대와 양쪽 가드레일 안쪽으로 뛰어든 동물들은 꼼짝없이 참변을 당할 수밖에 없습니다. 직접적인 원인으로는 운전대만 잡으면 속도를 높이고 빨리 가려는 습관과 욕망이 가장 큰 이유가 되겠지요. 그렇습니다 우리 사회는 언제부터인가 속도를 부추기는 빨리빨리 사회로 숨가쁘게 달려왔습니다. 물론 빠른 것이 편리하고 효율적이긴 하지만 우리는 아름답다라고 말하지는 않습니다.

자동차가 빨리 달리면 옆을 볼 기회도 적어지고, 시야가 좁아지며 외로워진다는 사실을 알면서도 자연과 생명들과 친구가 되는 나눔의 속도를 깜빡 잊고 살아가지요. 흔히 시속 80km를 경제속도라고 한다면 60km는 평화의 속도요, 생명의 속도는 40km입니다. 속도는 우리의 생명권이며 바로 생명 자체입니다. 그대들도 혹 건강과 취미 생활을 빌미로 기행이나 산행, 사진탐방을 하며 자연과 환경 친화적인 삶을 이유로 야생초나 약초를 캐기 위해 습관처럼 산으로 간 적이 있으신가요. 그리고 경치 좋은 곳에 전원주택을 짓지는 않았는지요. 속도를 늦추며 우리의 욕심을 줄이는 일이 자연과 공생하며 행복해지는 길입니다.

이제 야외로 나가는 기회가 더욱 많아지는 여름입니다.

혜민 스님의 『멈추면 비로소 보이는 것들』처럼 조금만 천천히 달린다면 로드 킬 당한 동물들의 사체를 보면서 그냥 못 본 척 지나칠까, 아니면 재수 없다고 투덜거리면서 다행이라고 생각할까, 그것도 아니면 동물들에게 미안하다고 해야 할까 하는 고민을 할 필요는 없을 겁니다.

육식으로 인한
지구온난화

7월의 산하는 온통 푸른 연가의 계절입니다.

나무와 풀들은 푸르다 못해 검푸른 녹음으로 구릿빛 건장한 스물아홉 청년을 닮고, 삼복염천三伏炎天에 땀을 흘리며 피는 꽃 주황색 능소화가 한창입니다. 하지만 올여름은 부족한 전력난 때문에 시원한 여름을 보내기는 영 글렀나 봅니다. 찔끔찔끔 마른장마와 찜통더위가 짜증을 나게 하지만 그저 혓바닥 축 늘어뜨린 수캐마냥 헐떡이며 보내야 애국자가 될 것 같습니다.

수캐 얘기가 나와서 말인데요, 이제 며칠 있으면 초복입니다. 사람들은 이맘때가 되면 양기를 복돋우는데는 보신탕이 최고라며 한 그릇씩 하자고들 하지요.

그래요, 가난했던 시절 마땅한 단백질 공급원이 부족했을 때 체력이 많이 소비되는 여름철에 영양보충원으로 먹기 시작했던 보신탕은 산기슭이나 개천가 다리 밑이 제격이지요. 그러나 요사이는 천렵 놀이처럼 솥가마를 걸어놓고 즐기는 것은 쉬운 일은 아닙니다. 수질오염이나 선진국, 동물보호단체들의 비난 여론을 감수하면서 몰래몰래 숨어서 해야 합니다.

나는 아직까지 보신탕을 먹어 본 적은 없습니다. 그런데 개고기의 식용은 우리 민족의 관습적인 측면에서는 분명 음식문화이긴 하지만, 다른 고기에 비해 크게 영양가가 높지 않음에도 불구하고 보신탕 마니아들이 즐기는 것은 단순히 보양식보다는 정력에 좋다는 유혹에 이끌려 성찰없이 먹는 것은 아닐는지요. 물론 필요에 따라 건강이 나쁘거나 수술 후 의사의 권유로 섭취하는 경우도 있겠지만, 이제 개는 단순히 가축이라는 의미를 넘어서 우리 삶의 질을 향상시키고 생명권을 존중해야 하는 반려동물이라는 인식 변화가 필요한 때가 되지 않았는가 생각해봅니다. 또한 개는 인간이 이용하기 위하여 기르는 동물로 법적으로는 가축이 유효하나, 축산물가공처리법에서는 아직까지 식용으로 인정하지 않고 있다는 사실도 고민해 볼 필요가 있을 것 같습니다.

우리는 한국 축구가 낳은 세계적인 스타 박지성 선수를 자랑스럽게 생각하지만 2005년 영국 프리미어리그 맨체스터 유나이티드 경기장에 박지성이 출전했을 때 6만여 명의 관중들이 박지성을 향하여 개고기 송 "Park, Park, you eat dogs in your home country." "박, 박 너희 나라에선 개를 먹는다고 했지"라는 문화적 차이의 조롱으로 우리의 자존심이 분노와 상처로 착잡했던 씁쓸한 기억들이 떠오릅니다.
그렇다고 해서 개고기를 먹지 않는다는 것이 옳다는 얘기는 아닙니다.

우리나라 국민 1인당 지난 한 해 육류섭취량은 년간 44kg으로 돼지고기 108만 톤, 닭고기 60만 톤, 쇠고기 48만 톤, 오리 15만 톤을 먹어 치웠습니다. 그렇다면 우리는 어느 정도의 고기를 먹는 것이 좋을까, 전문가들은 성인의 경우 하루 60g을 적당량으로 권장하지만 우리는 2배 이상 고기를 소비하고 있습니다. 고기를 많이 먹을수록 인간과 사회 나아가 지구 생태계 환경에 심각한 영향을 미친다는 사실을 우리는 간과하고 있습니다.

월드워치 연구소의 「지구환경보고서 2011」에 의하면 '자동차로 인한 지구온난화보다 육식으로 인한 온난화가 더 심각하다'고 주장합니다. 지나치게 고기를 섭취하는 것은 건강과 환경, 동물생명권을 해치며, 기후를 악화시키고, 국제적 빈곤과 기아 문제를 유발시키지요. 이제 우리도 고기로 가득찬 밥상에 옐로카드를 던지는 용기가 필요할 때입니다. 쇠고기 1kg 을 생산하려면 약 7kg의 곡물과 2만 리터의 물이 필요하며, 세계 곡물 생산량의 40%는 가축의 먹이로 소비되지만 전 세계 인구의 15%인 약 10억 명이 만성적인 기아에 허덕이고 있습니다. 그러나 아이러니컬하게도 비만과 과체중으로 고민하는 사람들도 약 15억 명에 이르고 있습니다.

세상은 늘 불공평하고 빛과 그림자가 있기 마련이지만 거의 수입산인 개고기와 돼지 목살에 항생제 주사를 하도 놓아 사육사들도 먹지 않는다는 목살, A4 용지 반장 크기의 우리에서 한 번도 흙을 밟아보지 못한 채 17일의 생을 마감하는 삼계탕 닭들의 비애를 다가오는 복날에 한 번쯤 생각해보는 것은 어떨는지요.
　그나저나 올여름은 무척 더울 것 같습니다.

대전시민대학,
지역 문화 공동화의 계륵이 되지 않기를

여름이 느릿느릿 가고 있습니다.

오늘은 D문화원의 문학창작 강의가 있는 날이지만 마음이 무거워지는 것은 일주일에 한 번씩 만나는 다섯 분의 반가운 얼굴들이 이제는 두 분만이 남았기 때문입니다. 세 분이 대전시민대학으로 가셨다는 풍문에 애써 담담한 척해보지만 한마디 작별 인사도 없이 참 쓸쓸한 이별을 하고는 불현듯 미당 서정주 선생의 시를 떠 올려 봅니다.

"이별이게 그러나 아주 영 이별은 말고 어디 내 생에서라도 한번 만나기로 하는 이별이게 연꽃 만나러 가는 바람 아니라 만나고 가는 바람같이……."

그러나 여전히 자리를 지켜주시는 두 분께 미안하고 고맙기도 하여 뜨거운 여름 햇살 아래 그래도 우리는 서로에게 그늘이 되어주는 초록 세상으로 함께 가야겠지만 곧 폐강될 수도 있다는 안타까움에 마음이 편치만은 않습니다.

올여름은 다행히 큰 태풍은 없었지만 우리 대전에는 시민대학의 광풍이 몰아치고 있습니다. 대전시와 대전평생교육진흥원이 설립한 대전시민대학은 년간 1,280개 강좌와 교육 인원 50만 명을 목표로 지난달 문을 열었습니다. 이제 유행처럼 시민대학의 강좌 하나쯤은 들어야 문화시민이 되고 대전시민이라고 할 수 있을 것 같습니다.

물론 시민대학이 우리 삶의 질을 변화시키고 미래사회를 준비하는 인적 사회적 자본의 향상을 위한 공공성에는 충분히 공감하지만 글쎄요. 갑자기 중소기업 사람 빼가기, 무차별한 골목상권 침해 등 대기업인 갑의 횡포와 문화생태계의 거대한 공룡의 출현, 우리나라 토종생태계를 교란시켰던 황소개구리 등 불경스런 단어들이 연상되는 건 왜일까요.

우리 대전은 1993년 서구 평생교육문화센터를 개관한 이후, 2004년 대덕구 법동 여성문화회관, 2008년 동구 가오동의 남부 평생교육문화센터를 비롯한 지방자치구에서 운영하는 곳이 94개소, 평송청소년수련원 등 법인이 67개소로 대전시 인구 10만 명당 평생학습 교육기관이 8개소로 전국에서 서울 다음으로 많이 개관 운영하고 있습니다. 이렇게 포화상태임에도 불구하고 마치 충남도청이 이전하기를 기다렸다는 듯이, 물론 이전에도 도청 자리를 활용하는 방안이 시민사회 단체와 대전시를 중심으로 논의되어 온 것은 주지의 사실이었습니다. 그런데 6개월 만에 뜬금없이 전국 최대의 평생교육대학을 설립하는 것이 원도심 활성화를 위한 최선의 결정이었는지 궁금하기 짝이 없습니다.

그러나 간과할 수 없는 것은 이미 우리는 대전시민대학의 설립을 앞두고 많은 우려와 걱정을 해 왔다는 사실입니다. 그동안 열악한 환경에도 지역 문화와 교육생태 발전을 위해 노력해 온 일선 교육기관들에게 아무런 배려와 대안 없이 출발한 시민대학이 벌써 울트라 갑甲이 되어 중복되는 강좌 개설로 유능한 강사와 수강생들의 쏠림 현상이 심화되면서 지역 교육문화 생태계를 황폐화시킬 수도 있다는 기우는 이미 현실로 나타나고 있습니다. 이것은 지역의 대학, 문화원, 주민자치센터, 가난한 전업 예술가들, 사설학원까지도 충격과 멘붕상태로 지역 교육문화 기반을 송두리째 흔들고 있습니다. 그래서 신중한 논의와 정책의 결정이 필요함에도 지역 문화계와 지역민들의 여론수렴 그리고 전문가들의 공청회나 토론회도 없이 대전시와 시의회가 대전시민들과 갑과 을의 관계에서 정의롭고 평등해지려는 노력을 해 왔는지에 대해 의문을 가질 수밖에 없습니다.

1958년이었지요.

진해국립양어장에서 식용을 목적으로 들여온 황소개구리들이 급기야 우리나라 고유 생태계의 포식자가 되면서 토종 민물고기들 뿐만 아니라 자연 생태계를 황폐화시켜 환경부에서 대대적인 포획 사업과 시식회, 더 나아가 한 마리당 1,000원씩 포획상금을 걸었던 적도 있었지요. 단순히 식용의 가치로만 판단하고 농가 부업 사업으로 적극 권장하던 황소개구리 사육이 생태계를 교란시키는 엄청난 결과를 가져올 줄은 아무도 예측하지 못하였던 거지요. 뿐만 아니라 전국에서 가장 모범적인 외자 유치 사업인 대전천변 고속화도로 건설 사업도 통행량 예측 실패로 우리 대전 시민들의 혈세들이 줄줄 새어 나가는 교훈을 가지고 있습니다.

나는 대전시민대학의 설립에 불순한 의도가 있다거나 또는 딴지를 걸어 폄하하려는 의도는 없습니다. 다만 원도심 활성화라는 명분으로 대전 시민대학이 대전교육문화 생태계의 또 다른 포식자가 되어 지역 문화의 공동화로 이어지는 계륵鷄肋이 되지 않기를 바라는 마음에서 소탐대실小貪大失을 경계해야 하자는 말씀을 드리고 싶습니다.

벌초는
다녀 오셨는지요

시절 인연이란 말이 있지요.

모든 인연에는 오고 가는 때가 있지만 이미 다정한 9월은 시인처럼 우리에게로 다가왔습니다. 지상에서는 푸르름이 절망하고 귀뚜라미 등에 업혀 오는 가을은 뭉게구름 사이로 배롱나무 가지 끝마다 붉은 꽃들을 그리움으로 걸어 놓았습니다.

이제 우리도 어디론가 떠나야 하거나 떠나는 것들을 그리워해야 겠지요. 문득 고향 하늘도 그리워집니다. 누구에게나 고향은 생각만 해도 까닭없는 설레임으로 다가오지요. 고샅길 모퉁이 하늘거리며 핀 코스모스와 장독대를 곱게 단장한 맨드라미꽃, 마당가 한켠 빈틈없이 널어놓은 고추들이 가을볕에 빨갛게 익어가면, 어지럽게 하늘로 날아오르는 잠자리 떼들, 내 아버지 무덤가에 심어놓은 배롱나무꽃도 한창 피어났기 때문일 겁니다.

이른 새벽부터 계족산에는 예초기 소리가 요란합니다.

어디 계족산뿐이겠습니까. 이맘때가 되면 우리나라 산하는 조상들의 선영에 벌초하는 효심 깊은 장관이 연출됩니다. 우리나라 국민들처럼 조상에게 효도를 행하는 민족이 지구촌에 과연 몇이나 될까 하는 생각도 해보지만 옛날에는 한 마당에 8촌이 난다고 했지요. 그러나 이제는 뿔뿔이 헤어져 집안 대소사에 큰일이 없으면 서로 만나거나 얼굴보기도 힘들어 남남처럼 바쁘게 살아가는 각박한 세상이 되어 버렸습니다.

그래도 벌초를 갈 때는 왕래가 없었던 8촌까지도 일일이 전화를 하면 고속도로가 정체되거나 날씨에 아랑곳하지 않고 만사를 제쳐두고 벌초 길에 나서는 것은 참 신기하게도 DNA를 함께 나눈 혈연이라는 공통분모 때문이겠지요.

아내의 채근에 지난주 벌초를 서둘러 다녀온 것은 음력 8월에 벌초를 하면 '자식도 아니다'라는 옛말이 생각나서였습니다. 물론 벌초가 단순히 산소의 풀을 깎고 깨끗이 다듬는 일로 끝나는 것은 아니지요. 해마다 무연고 분묘의 벌초를 해주는 지방자치단체나 봉사단체들의 기사를 접하면서 우리 민족은 조상을 섬기는 일에는 너 나 할 것 없이 앞장서는 아름다운 풍습에 흐뭇하기도 하지만, 흔히 '처삼촌 묘에 벌초한다'라는 말은 주마간산走馬看山 격으로 대충대충 적당하게 세상을 살아가는 우리에게 경계하는 교훈을 던져주지요. 뙤약볕 아래 구슬땀을 흘리며 조상에 대한 예를 행하고 음덕陰德을 기려 내 뿌리의 정체성을 찾을 수 있다면 벌초는 당연히 후손으로서 효를 실천하는 일일겁니다.

박경리 선생도 그의 소설 『토지』에서 "부모님 묘소에 벌초할 때마다 머리카락에까지 울음이 맺히고……"라고 고백했습니다. 또한 그동안 흩어져 살고 있던 일가친척들이 모처럼 만나 서로 살아가는 이야기를 통해 소통하고 화합하는 지혜의 장이기도 하며, 고향을 찾아 그리운 친구들과 어르신들을 만남으로써 유년의 추억으로 행복해지는 시간이기도 합니다.

그럼에도 불구하고 지금 우리는 우리 자식들이 다음 세대에 벌초나 성묘하는 것에 대해 큰 기대를 하지 않으면서도 때로 걱정스러운 것은 변화무쌍한 시대의 흐름 앞에 지금까지의 종속변수 개념의 효가 이미 실효성을 상실하였기 때문이지요.

나도 고향을 떠나온 지 40여 년, 게다가 부모님마저 돌아가신 후 마음도 발길도 멀어지는 것 같아 일부러 고향에 갈 핑계를 만들어 보지만, 글쎄 명절 때가 되면 자식놈들조차 시큰둥하고 쉰이 넘은 아우들조차 미적거리는 통에 성묘길은 늘 마음이 불편하지요. 어쩌면 내가 와서 묻힐 고향 땅이기는 하지만 엷은 가을빛 실루엣으로 버킷리스트bucket list에 혼자만의 그리움을 채워봅니다.

벌초를 마치고 돌아오는 길이 그리 홀가분하지만은 않았습니다.
비가 오거나 눈이 오거나 또는 바람이 불어도 일 년에 몇 차례 찾아오는 우리들을 대신해서 사시장철 부모님 곁을 지켜주는 목련이며 구상나무, 주목, 꽃을 활짝 피운 배롱나무에게 미안한 마음이 들었습니다. 불현듯 이채무 시인의 싯귀가 쓸쓸하게 떠오릅니다.

무딘 날 조선낫 들고 / 엄니 누워 계신 종산에 간다 / 엄니, 그놈 참 서러운 서른 넘어서야 / 철 제법 들었노라고 / 무덤 옆 갈참나무시켜 / 웃음 서너 장 만들어 떨구신다.

그대들도
청안하시기를

긴 추석 연휴를 보내면서 가까운 지인이나 또는 정치인들로부터 똑같은 멘트의 문자 메시지에 식상하고 짜증도 났습니다. 그러나 무엇에 홀린 듯 스미스 피싱을 당하거나 순전히 나를 섹스광으로 몰아 얼굴이 붉어지는 스팸 문자를 받는 것보다는 백 번 마음 편하다는 소소한 일상의 생각들이 플라시보효과placebo effect 처럼 위안이 되기도 하였습니다. 스마트폰은 과학 문명의 이데올로기 쾌락으로 가족과 고향의 포근한 정을 되새기는 추석 명절의 의미를 일순간 혁명처럼 무너뜨리고 말았습니다. 결국은 쓸쓸하기 그지없는 혼자였습니다. 물론 외로우니까 사람이겠지만.

심심하던차 영화 '관상'에서 송강호가 마지막으로 한 대사 "시시각각으로 변하는 파도만 봤을뿐 바람을 보지 못했다. 파도를 일으키는 건 바람이거늘……."이 불현듯 떠오르면서, 지난여름 내내 납량특집 시리즈처럼 우리를 깜짝 놀라게 했던 NLL대화록실종사건, 이석기내란음모, 증세문제, 검찰총장의 혼외자식, 전세값파동 더 나아가 박근혜정부의 복지정책 후퇴 등이 파노라마처럼 스쳐 가며 왜 이런 일들이 일어날까, 거짓과 진실의 경계가 모호해지는 온갖 궁금증과 혼란스러움에 여러분들도 한번쯤 갑론을박을 해 보았을 것입니다.

그럼에도 불구하고 우리는 살아가면서 단순히 사물의 현상만 보는 일에 익숙해져 본질을 규명하거나 팩트를 정확히 알 수는 없지만, 세상에 드러내놓고 보여줄 수 있는 진실은 아무것도 없는지 모르겠습니다. 세상의 모든 것은 변한다는 명제 앞에서도 인간의 마음속에 자리하고 있는 본질은 절대 보여지지 않는 것은 '남이 보는 나'와 '내가 보는 나'의 차이 때문이 아닐까요. 우리는 바람은 보지 못했지만 파도에 이는 바람 소리는 만날 수 있다는 사실을 간과해서는 안됩니다. 바람은 눈으로 보는 것이 아니라 귀로 듣고 마음으로 헤아려야 하는 법이지요. 어찌보면 어제와 오늘은 같은 날이긴 하지만 내가 사랑하는 사람도 항상 아름답고 예쁠 수만은 없습니다. 인간의 마음은 언제나 동심動心이라는 생물학적 가변체이고 보면 침소봉대하여 이 또한 모두 지나가리니 하는 악수惡手는 두지 말아야 할겁니다. 세상일이란 엿장수 맘대로 주고받는 것은 아니니까요.

가을 햇살이 너무 좋아 기어이 식장산 산행에 나섰지요.
식장산은 대전의 아침을 여는 산입니다. 대청호가 생기기 전까지는 대전시민들의 식수원이었고, 수백 종의 야생화와 야생동물들이 서식하고 자연습지와 생물 다양성이 풍부하여 대전에서 자연 생태계가 가장 잘 보전되어 있습니다. 예로부터 식장산은 '식장산하 가활만인지지食藏山河 可活萬人之地'라 하였지요.

그러나 독수리봉 오르는 길목마다 막걸리를 파는 노점들이 등산객들의 발길을 멈추게 하지만 자연공원 내에서 음주가 마음에 걸리는 것은 경치 좋은 산천에서 오랫동안 이어져 내려온 우리 사회의 음주문화가 아직은 사회적 문제의식이 충분히 형성되어 있지 않기 때문입니다. 공원 내 지정된 장소가 아닌 노점상은 200만 원 이하의 과태료 처분을 한다는 자연공원법을 들먹이지 않더라도 대전시민들이 즐겨찾는 청정계곡에서 상행위를 방치하는 것은 대전시 공원관리소의 계도와 단속이 필요함을 지적하지 않을 수 없는 일이지요.

동구는 대전의 역사와 문화의 뿌리입니다.

문화란 그 지역과 시대의 품격을 나타내는 유산으로 지역 경쟁력을 좌우하는 중심 가치입니다. 특히 대청호와 식장산, 만인산은 천혜의 자연경관으로 동구의 묵은지 역할을 하고 있습니다. 잘익은 묵은지로는 어떤 요리를 해도 맛있는 법이지요. 동구의 자연환경을 보전하고 문화를 아우르는 것이 창조경제를 만들어 가는 일입니다.

하산길에 가을꽃들이 예쁘게 피어 있었습니다.

노란마타리꽃, 벌개미취, 까실쑥부쟁이, 구절초, 며느리밥풀꽃, 물봉선, 붉은 자주빛의 오이풀이며, 산 식구 들 식구들을 먹여 살리는 상수리나무, 굴참나무, 산딸나무, 층층나무, 단풍잎이 고운 비목나무도 가을 하늘의 선善한 품성을 담고 있었습니다. 이 가을 그대들도 늘 청안淸安하시기를 소망합니다.

이 가을은
모든 것을 내려 놓으라고 합니다

　우리는 어느덧 10월의 마지막 밤을 보내고 있지만 도시의 가로수들은 아직도 블루진 청바지 차림으로 멍멍한 소음과 현란한 불빛의 가로등 아래 경련을 일으키며 청승스럽게 서 있습니다. 우리가 보고 싶어하는 단풍을 이 도시에서 구경하기란 쉽지 않지만 하양, 노란, 빨강, 갈색의 나무와 숲이 만드는 색계色界의 집합으로 황홀함에 취하기를 바란다면 이 가을 곱게 물든 단풍을 마중하기 위하여 아마도 아침 일찍 묻지마 관광차라도 타야 할 것 같습니다.

　그러나 도시의 가로수들이 단풍이 늦게 드는 이상 현상은 곧 낮같은 밤이 계속되는 도시의 현란한 빛과 조명들 때문이라는 사실을 그대들도 알고 계시는지요. 빛공해는 동식물 성장에도 영향을 끼치며 철새들의 이동 경로 상실, 곤충생식 분포의 변화, 어류번식 저하 등 생태계의 교란 현상을 가져오며 우리 인체에도 멜라토닌이라는 수면유도 호르몬의 분비가 되지 않아 불면증이나 암을 유발시키기도 하지요. 환경 용어로는 빛공해 light pollution 라고 부르지만 이미 우리는 하늘의 별들을 잊고 산 지가 오래되었습니다. 대한민국의 잠 못 이루는 밤이 정말 아름다운 밤인지 우리 스스로 성찰하면서 이제라도 불을 끄고 별을 켠다면 가을밤 안드로메다, 페가수스, 카시오페아, 남쪽물고기자리 같은 아름다운 별들을 만날 수 있을 겁니다.

내가 아는 R 수필가는 칠순을 넘긴 나이에도 약주를 좋아하시기로 호號가 났지만 어떤 모임에 약속이 있다면 대중교통을 이용하지 않고 두 시간이고 세 시간이 걸리더라도 꼭 걸어서 다니는 것으로 유명하지요. 물론 건강을 챙기기 위한 일이겠지만 기후 변화의 원인인 온실가스를 줄이고 환경을 생각하는 생태교통eco mobility을 몸소 실천하는 분이 아닌가 합니다. 나도 며칠 전 아름다운 시어들의 감동에 몸을 떨며 시낭송 축제를 마치고 오랜만에 가을밤의 정취에 흠뻑 젖고 싶어 R 수필가처럼 걷기로 작정을 하고 하현달 어슴프레한 용전동 산1번지 아파트 후문길을 걸었지요. 제법 차가운 소슬바람에 우수수 떨어지는 잎새들과 하늘의 별들이 총총히 마중을 나왔습니다.

저만치 경광신호등이 번쩍여 자세히 가보니 아파트 자율방범대원들이 벤치에 모여 늦은 밤 수고하는데 그냥 지나치기가 미안하여 잠시 말동무가 되었지요. 소소한 일상의 이야기부터 말도 많은 아파트 개별 난방공사와 예술인 공원이 곧 조성되면 아파트 환경도 좋아지겠다는 말끝에, 이야기가 정치, 경제로 옮겨지면서 갑자기 목소리가 상기되어 국감장의 국회의원들보다 더 거침없이 쏟아내는 말들에 고개를 끄덕였습니다.

구의원이 뭐 필요하냐, 지방자치단체장 관선으로 바꾸고 국회의원은 나라 꼴이 말도 아닌데 밤낮 그놈의 NLL이나 댓글싸움만하니 이제는 신물이 난다, 정치하는 놈들 다 한통속이다, 전.월세 문제만 하더라도 그렇지 조그만 연립주택 하나 사더라도 꼬박꼬박 세금 내는데 요즘 젊은 신혼부부들 몇 억짜리 전세아파트를 구입하면 세금은커녕 저리로 융자까지 해주는 것이 공평한 납세인가, 그러고도 어찌 부동산 경기가 살아나고 주택문제 해결되기 바라는가, 기초연금 준다고 해놓고 주지 않는다면 사기 치는게 아닌가, 부모님 두 분이면 일 년에 500만 원 도둑맞는데 부모님 용돈 20만 원 드리는 일이 어디 쉬운 일인가, 최동욱 혼외아들은 친자가 맞다 아니다, 대전에서는 네 가구가 개인택시 한 대를 다섯 가구가 식당 하나를 먹여 살려야 하는데 대전시장은 누구가 될 것 같으냐, 먹고 살기가 너무 힘들어 요사이는 외식 한 번 하기가 겁이 난다……

그래요 한 번도 큰 소리쳐 본 적 없는 어쩌면 힘없는 우리네의 푸념이고 넋두리겠지만 끝날줄 모르는 이야기들이 서글픈 연민으로 다가와 조금 전 가을밤의 감동은 오래된 추억처럼 별똥별이 되고 있었습니다.

이제 얼마 있으면 나뭇잎들도 더욱 붉어 아름다움의 절정 끝에 허공에서 지상으로 이별하고, 우리의 삶은 어쩌면 나뭇잎처럼 허공에서 부대낄 때가 더욱 행복하겠다는 생각도 해 보지만 이 가을은 우리에게 모든 것을 내려 놓으라고 합니다.

첫눈이
온다구요

　오후 2시, 다문화 가정과 함께하는 시낭송의 밤 공연 리허설이 한창일 때 갑자기 소란스러워진 것은 순전히 문학관 창문 밖으로 흩날리는 첫눈 때문이었습니다. 그러나 내리는 눈의 양이 너무 적어 첫눈이라고 하기에는 좀 뭣하지만 생전처음 눈을 본 어린아이들처럼 환호성을 지르며 상기된 표정으로 카톡이나 문자 메시지를 보내는 모습들이 글쎄요, 나이가 들어도 첫눈을 보며 마음이 설레이는건 어쩔 수 없나 봅니다. 며칠 전 어느 카페에서 우연히 만난 여성과 인사를 나누는데 시인이라고 무척 반가워하던 그분은 내가 쓴 시를 기억하고는 낭송해 주셨습니다.

　첫눈 오는 날 / 숨겨 놓은 여자에게 보내야 할 / 문자 메시지가 / 아내에게 가 버렸다 / 참 낭패스러운 일이다.
　　— 권득용 「문자 메시지」 전문

　그래요, 첫눈에 대한 추억과 기억들은 사람마다 다르겠지만 그대들도 첫눈 오는 날 만나기로 한 약속 하나쯤 가슴속에 간직하고 살아 오셨겠지요. 사람들은 첫눈이 오면 누군가를 그리워하고 만나고 싶어 합니다. 그 것은 아마도 동화 나라에서처럼 첫눈이 올 때까지 손톱에 물들인 봉숭아 물이 남아있으면 그 사랑이 이루어진다는 순정 때문에, 순결한 사랑 때문에 또는 우정이 그리워서가 아닐까요. 어쩌면 첫눈이 오는 날 아무도 눈치 못 챌 알아서도 안될 혼자만의 비밀스런 첫사랑이 궁금하여 상상만으로도 유쾌한 반란을 꿈꾸고 있을 겁니다.

그런 그대들은 왜 첫눈이 오는지 알고 계시는지요.

첫눈은 첫눈을 기다리는 사람들 때문에 온다고 합니다. 우리가 알고 있는 첫눈의 기준과 의미는 무엇일까요. 국어사전에서는 그해 겨울이 온 뒤에 처음으로 내리는 눈이라고 하지만 첫눈은 첫사랑처럼 기상청이나 각 지방 기상관측소에서 관측한 것을 공식적인 첫눈으로 인정하고 있습니다. 눈의 양, 즉 적설량에는 상관없이 눈이 날리는 것만 관측되어도 첫눈이라 하지요. 그래서 대전에서는 대전지방기상청이 있는 유성구 도룡동에 반드시 내려야 대전의 첫눈이 되는 셈입니다. 그렇다면 첫눈의 의미는 설레임일까 푸근함일까 행복함일까 아니면 추억에 젖는 일일까. 저마다 다르겠지만 요즘 기업들이나 백화점조차도 첫눈을 마케팅의 수단으로 활용하는 것을 보면 이제 첫눈은 경제적 가치의 중요한 의미를 지니게 되었습니다. 그래도 첫눈은 잠시 동안이라도 우리를 행복하게 해주지요. 세월이 흘러 이제는 잊었거니 했던 고향 풍경과 정겨운 친구들 아무리 생각해보아도 아름답기만 한 첫사랑은 가끔 지나가는 바람 소리에도 안부가 그리운 법입니다.

첫눈 오는 날 여자들은 낭만을 꿈꾸고 로망을 얘기하지만 남자들은 젊으나 늙으나 가슴속에 사랑의 방을 여러 개 만들어 놓고서 심장의 박동

소리가 커질 때마다 그저 도둑처럼 지나간 사랑의 무용담으로 그 방에 잠시 머물러 있지요. 초딩 때 여선생님, 하얀 피부가 고왔던 동창 계집애, 분 냄새를 물씬 풍기던 이웃집 누나, 등굣길에 만나던 하얀 칼라의 교복에 가슴 봉긋한 여고생들까지 모든 여자들의 흔적을 첫사랑이라고 우기면서 착각으로 살아가는지도 모릅니다. 그러나 우리에게는 사랑의 방은 오직 하나여만 하고 그래서 그 방을 온전히 가득 채워 주는 단 한 사람만이 첫사랑이라면 우리는 첫눈이 오는 날 마음이 설레어도 괜찮을 것 같습니다.

철딱서니 없이 계절을 앞서 온 첫눈이 까치밥 위에서 서설瑞雪로 빛나고 횅하니 스치는 바람에 몇 남지 않은 나뭇잎이 아직은 고운 만추입니다. 우리는 찬 바람이 나기 전에 겨울 날 채비를 해야지요. 이맘때면 전국이 온통 김치 공장이 되어 가난하고 소외된 이웃들을 위해 김장 담그기와 연탄나누기 행사가 한창입니다. 예년보다 풍작을 이뤄 똥값인 배추가 마트에서는 한 포기에 천 원이나 천오백 원 한다는 푸념도 예사롭게 들리지만은 않지만, 첫눈 오는 날의 설레임과 아름다운 첫사랑의 추억처럼 우리 모두 이웃을 위해 나누고 베푸는 훈훈한 정들이 가득해진다면 그래도 살 만한 세상이 아닐는지요.

11월은 눈을 마중하는 달입니다.

H형,
새해도 안녕하시길 바랍니다

H형,

시작도 끝도 없는 세월을 갈라 해年를 나누는 것은 어쩌면 부질없는 짓
이겠지만 이제 며칠 지나면 2013년 한 해가 저물고 새해가 시작됩니다.
사람들은 후회가 꿈을 대신하는 순간 늙어간다 라고 말들을 하지만 정신
없이 달려온 한 해의 끝자락 그래도 지나간 날들에 대한 아쉬움보다는 새
날에 대한 설레임이 더 커야 하지 않을까요.

대전문학축제를 마치고 돌아오는 길 문득 H형 생각이 났습니다.

그러고 보니 벌써 7년 전이었네요. 처음 만난 날 대기업의 임원치고는
소탈한 모습과 구수한 경상도 사투리로 누구에게나 편안하게 대해주던
다정함에 이끌려 우리는 쉽게 친해졌지요. 그리고 불쑥 H형에게 '문화
예술의 도시인 대전에 제대로 된 문학상 하나 없으니 우리 같이 힘써서
문학상 하나를 만들면 문인들의 사기진작과 대전문학에 크게 공헌할 것
이다. 그러면 기업의 이미지뿐만 아니라 그대도 대전문학사에 기록될 것

이다' 라며 어려운 부탁을 드렸지요.

그리고 결국 2008년에 제1회 문학상을 만들어 시상을 하였지요. 지금도 그때의 기쁨과 고마움을 잊지 못하고 있습니다. 그런 인연으로 우리의 우정은 더욱 깊어 수시로 안부를 전하는 막역한 친구가 되었고, 그 후 H형은 대전과 충청도의 문화예술 발전에 더 큰 관심과 후원을 계속한 공로를 인정받아 대통령 표창까지 받는 영광에 저도 아낌없는 큰 박수를 보내드리며 내 일처럼 기뻐하였습니다. 그리고 두 해 전, H형은 영전하여 서울 본사로 떠나갔지만 올해로 여섯 번째 맞는 문학상 시상식에도 대전문협회원 모두는 H형을 자랑스럽게 기억하고 감사하고 있다는 안부의 말씀을 전해 올립니다.

그러나 H형, 아마 가끔은 저의 전화가 귀찮기도 했을 겁니다.
왜냐하면 제가 필요할 때마다 안부 인사를 앞세워 일방적인 청탁 전화만 하였으니까요. 때로는 통화중이거나 전화를 받지 못하는 상황이라도 곧바로 전화주시는 것을 보고 이분 참 대단한 사람이구나. 역시 대기업의 임원은 여느 사람과는 다르구나 라고 생각하였지요. 그뿐이 아니지요. 늘 웃는 얼굴로 그래 그렇구나 하면서 살갑게 대해주는 H형의 리더쉽은 상하 누구에게나 존경받기에 충분하였습니다. 혹여 지나친 립 서비스라고 민망하게 생각지는 마시지요.

다산 정약용 선생은 '자신이 스스로 높아지고자 하면 남이 깎아 내리고, 스스로 낮추면 높여준다(自上者 人下之, 自下者 人上之)'라고 하였습니다. 우리는 흔히 친구의 아내를 보고 제수 씨라고 부르는 것이 우리 사회의 관행이지만 저는 형수 씨라고 부르고 있지요. 처음엔 어색한 분위기가 연출되었지만 사실 상대방을 높여주고 칭찬하면 자신이 더욱 행복해진다는 평범한 진리를 우리는 잊고 살아가지요.

　그래요 H형, 그대와 나의 순정한 우정은 앞으로도 우리 더불어 숲이 되자고 언약하는 벌거벗은 겨울나무를 닮기를 소망하지만, 느닷없이 '안녕들하십니까' 라는 인사말이 12월의 광풍이 되어 대한민국을 뒤흔들고 있습니다. 내 가족들은 차치하고라도 젊은이들이 집단적으로 '우리는 안녕치 못 하다' 라고 외치는 이 사회를 단지 민주주의의 건강한 담론으로 돌리기에는 꺼림칙하게 생각되는 것은 왜일까요. 이야기가 좀 빗나가긴 했지만 바이탈 사인vital sign 이라는 의학용어가 있지요. 우리 몸이 건강하게 잘 작동되고 있는지를 보여주는 혈압 맥박 호흡 체온 등의 측정지표로 그중 어느 것 하나라도 균형이 깨지면 우리는 건강할 수 없는 것과 마찬가지로 우리 사회의 정치 경제 교육 복지 청년들의 불안과 좌절 때문에 어쩌면 지금 대한민국은 위기인지도 모릅니다. 사사건건 치고박고 발끈하고 발목을 잡고 약 올리고 열받는 식의 민감하게 대응하는 여야의 정쟁은, 이제 좀 느리기는 하지만 충청도 사람들을 닮았으면 좋겠다는 생각을 해 봅니다. 하루빨리 종북프레임과 대선불복에서 벗어나 서로 잘못을 잘못이라 인정하고 용서하는 용기만이 평등하고 정의로운 사회를 만들어 갈 수 있다는 사실에 동의해야 할 겁니다.

　H형, 너스레가 좀 길어졌습니다만 그동안 늘 신세를 지던 고마움을 이렇게라도 속내를 전할 수 있는 그대 때문에 얼마나 다행스러운지요. 무척 바쁜 연말이지만 그래도 우리는 한 해를 돌아보면서 반성하고 성찰하는 것이 자기 삶에 대한 책무이자 사랑하는 일이 아닌가 합니다.
　2014년에는 H형도 꼭 안녕하시길 바랍니다.

수상한
복날

어정 칠월 동동 팔월이라 했던가.

벌써 오늘이 입추이니 말복은 입추 지난 뒤 첫 경庚이 드는 날로써 꼭 일주일 남았다. 경庚은 일곱 번째 천간天干으로써 '뜯어 고친다' 또는 '새로운 시기를 연다'라는 뜻을 가지고 있다.

복伏날은 중국 후한의 유희가 지은 사서 『석명』에 기록이 남아 있다. 복伏은 오행설에 있어서 가을의 서늘한 금기金氣가 여름의 더운 화기火氣를 두려워 하여 복장(엎드려 감춘다)한다는 뜻에서 생겨난 말이라고 전해지고 있으나 최남선의 『조선상식』에서는 서기제복暑氣制伏 즉, 복날은 여름더위를 꺾는 날이라 해서 더위를 피하는 피서가 아니라 더위를 정복한다는 의미가 더 강하다. 더위를 정복한다는 건 곧 이겨낸다는 의미이다.

농경시대부터 전해 내려온 이 복절은 농사일에 지치고 질병이 위협하는 이때 몸을 보호하기 위해 여러 가지 고단백의 음식을 섭취하고 각종 피서 활동을 함으로써 몸과 마음의 에너지를 재충전하는 시기이다. 그중 보양식으로는 충청도 우스갯소리로 '개혀'라는 말처럼 우리 한국인들은 개고기를 으뜸으로 친다. 특히 프랑스 사람들로부터 야만인이라는 비난을 감수하면서도 개고기 문화에 익숙해져 있다.

한국관광공사 이참(독일 귀화인) 사장은 개고기와 와인은 환상적인 궁합이라며 말고기를 먹는 프랑스 사람을 비난하는 것을 거의 못 들어 본 것은, 프랑스 문화는 고급 문화라는 인식 때문이라 한다. 개고기를 먹는 한국인도 애완견은 먹지 않는다. 관건은 한국 문화를 고급화해야 우리가 뭘 먹든 시비 걸 사람이 없을 것이다.

그런데 올해 삼복더위는 피서를 간 모양이다.
한낮에 더위가 무덥다고 느껴지기도 하지만 해가 지면 초가을 날씨처럼 선선하다가 새벽이면 홑이불이라도 덮어야 하는 올여름은 수상하다고 할 만하다.
특히 동해안 해수욕장의 수온이 18℃이하로 내려가 장사가 안 된다고 아우성들이다. 지구온난화의 환경문제가 거꾸로 가는 것 같은 모양새다. 그러나 자세히 살펴보면 지구온난화의 한 현상이라고 설명할 수 있다. 이상기온의 주범인 엘니뇨(Elnino)의 영향이 아닌가 생각된다. 엘니뇨(Elnino)라는 말은 스페인어로서 '작은 예수' 또는 '어린애'라는 뜻을 가지는데, 이 말의 어원은 엘니뇨가 보통 크리스마스 전으로 태평양 페루 적도 해역의 해수 온도가 2~10℃ 정도 높아지는 현상으로 2~6년 주기로 불규칙하게 나타나고 주로 9월에서 다음 해 3월 사이에 발생한다는 데서 유래되었다. 환경공학적 관점에서 본 엘니뇨 현상은 우리나라에 대체로 여름은 저온, 겨울은 고온 현상으로 나타난다.

세계의 환경 위기 시계는 이미 오후 9시 33분을 지나고 있다.

지구 환경의 변화 즉 지구온난화로 인해 이제 삼복더위는 기록이나 문헌상에서 찾아볼 날도 멀지 않았다.

우리 대전로타리클럽도 이젠 전통적인 가치관의 바탕 위에서 참봉사에 대해 진지하게 생각해야 하며, 다른 클럽이나 로타리안들이 부러워하는 대전로타리클럽이 아니라, 모든 사람들로부터 존경받을 수 있는 클럽으로 성장하기 위해 우리 자신들이 변화할 때라고 생각한다.

우리가 행복해지기 위한
10가지 선물

기세등등한 소한 추위는 자고 일어나면 금년들어 최고 춥다는 기상예보에 맞춰 수온주의 기록을 깨뜨렸다. 설상가상으로 폭설까지 내려 하얀 눈세상을 만들고 새들은 하늘을 비웠다.

반가운 손님이 한 분 찾아오셨지요. 그리고 『행복한 인생을 만드는 10가지 선물』이라는 책 한 권을 선물해 주셨습니다. 인간은 누구나 행복해지기 위해 살아가지만 행복이라는 것은 우리 자신이 스스로 만들어가야만 얻을 수 있는 것이지요.

인간의 삶은 유한하고 누구에게나 소중한 꿈은 있습니다.

색깔과 모양과 취향이 다르겠지만, 그 꿈을 실현하기 위해서는 끊임없는 노력과 인내가 필요하겠지요. 그렇습니다. 꿈이란 잡는 것이 아니라 간직하는 것이며 행복이란 누리는 것이 아니라 가꾸어 나가는 것입니다.

그러한 꿈과 행복을 이루고 만들기 위해 까뮈는 '인생은 건설해야 하는 것이 아니라 불태워야 하는 것'이라고 했습니다. 그래서 우리가 행복해지기 위한 10가지 선물을 함께 나누어 드리도록 하겠습니다.

첫 번째, 오늘 하루 지치고 힘들었지만 나를 견디게 하는 것은 가족입니다. 가족이 있어 행복합니다.

두 번째, 건강한 삶이 나에게 해 주었던 수많은 이야기들이 아프고 나니 이제야 들립니다. 건강하세요.

세 번째, 내가 하는 일이 나에게 즐거움이 되고 다른 이에게는 도움이 된다면 더 바랄게 없습니다.

네 번째, 언제라도 찾아가 기댈 수 있는 어깨 하나, 나에게 친구라는 쉼표가 있습니다.

다섯 번째, 보이지 않는 것을 보게 하고, 들리지 않는 것을 듣게 하며, 갈 수 없는 곳을 가게 하는 것. 그것이 사랑의 힘입니다.

여섯 번째, 기억에서 지워져 생각나지 않다가 문득문득 나를 찾아오는 반가운 손님. 바로 추억입니다.

일곱 번째, 다른 목적은 아무것도 없습니다. 취미는 나 자신을 위해 내가 할 수 있는 가장 행복한 일입니다.

여덟 번째, 새우처럼 몸을 웅크리고 자더라도 꿈은 고래처럼 꿔야 하는 것. 꿈의 크기가 내 삶의 크기이기 때문입니다.

아홉 번째, 용서를 가능하게 하는 사랑의 힘이 복수를 시도하는 증오의 힘보다 훨씬 더 강합니다.

열 번째, 삶을 바꾸고 인생을 바꿔주는 게 돈이지만, 그것이 모두 좋은 것이라 말할 수는 없을 것입니다.

그렇습니다. 늘 반복되는 지루한 일상이지만 마음과 생각을 깨우는 것은 아주 작은 것들에서부터 시작됩니다.

올 한 해 모두가 행복하였으면 합니다.

그래도, 내 생애 가장 따뜻했던 날들

제3부

내 고향, 유년의 단상

인생을 살아가는데 있어서 성공이라는 것은 어떤 것을 의미하는지 아직은 미완성인 내 짧은 삶으로는 설명하기에 두려움이 앞선다.

내 유년의 시절 아득한 전설처럼 바람 한 점 없는 평온한 산골 마을인 경북 문경군 산북면 거산리 222번지에서 나는 1955년 12월 28일(음) 아버지 권동섭과 어머니 노갑연 사이에서 3남 3녀 중 장남으로 태어났다.

할아버지는 내가 태어나던 해부터 중풍으로 반신불수였으나 우리 가정은 그 당시의 어려웠던 경제상에 비추어 볼 때 그래도 상당히 유복한 가정으로 기억된다. 외동아들이신 아버님과 와병 중이신 할아버지 그리고 항상 양반의 법도를 지키려고 꿋꿋한 인내로 이웃 동기분들에게는 엄격하고 무서운 분이셨지만 내 유년 시절을 풍성하게 가꾸어 오늘까지 내 삶의 주춧돌을 일으켜 세우신 할머니. 할머니는 내 인생의 가장 소중하고 고귀하신 분이었으며 또한 그분에게 나는 천하에 둘도 없는 귀한 손자였으므로 할머니는 늘 내 어릴 적 유년의 기억 전부를 차지하고 있다.

어머님은 고운 얼굴에 내가 태어나기 전까지만 하더라도 아들을 낳지 못하였다는 이유로 고된 시집살이를 무던히도 참았던, 그래서 지금도 옛날 얘기처럼 한이 맺힌 과거에 때때로 눈시울을 적시는 전형적인 여인으로 위로 누님 두 분과 나, 그리고 여동생, 남동생이 두 명인 우리 육남매에게는 엄격하시고 차가운 분이셨다.

그러나 아버님은 인정이 많으시고 말이 별로 없으신 분이셨으나 우리 민족의 역사가 수난으로 점철된 불행한 시대에 태어나셔서 그분 또한 뚜

렷한 당신 삶을 가지시지 못한 평범한 가정의 가장이었다.

별로 부족함이 없었던 우리집은 여러 친척들과 찾아오는 손님들로 늘 분주하였으며, 뒤뜰에는 어머니의 손때 묻은 장독대가 윤기를 잃지 않고, 계절이 바뀔 때마다 피어나는 온갖 화초들은 내 동심의 꿈동산이었다.

사립문을 열고 들어서면 고목이 다 되어버린 감나무가 사시장철 하늘 높이 서 있고 돌담 언덕에는 호박 넝쿨이 멋없이 뒤엉켜 있으나 앵두나무 밑에 한 길 되는 우물은 제법 운치가 있는 내 고향집이었다.

앞산의 이름은 큰골이었다.

언제나 아침 해는 큰골에서 장엄하게 떠오르고 우리집은 그 높은 곳을 향해 있었으므로 아침이면 여명을 맞는 즐거움이 더했다. 뒷산도 언덕배기 밭을 지나면 큰산이 우뚝하니 서 있다. 동녘골이다. 왠지 모른다. 산이름이 모두 골이다.

범박골, 사기정골, 아랫마당골, 윗마당골, 추자나뭇골 그러나 어린 나에게는 태산준령이었으며, 동리 이름도 거산巨山인 것을 보면 온통 큰산으로 둘러싸인 산간 마을이었다.

봄이면 온산을 붉은빛으로 물들이던 참꽃, 그 연한 꽃잎을 따먹으면서도 행여 문둥이의 무서운 얘기에 온몸을 떨던 기억들, 눈이 부시도록 화사한 살구꽃 벚꽃은 아직도 아름답던 풍경으로 내 영혼을 일렁이게 하는데 멱감고 고기잡던 그 시내는 십수 년 세월을 뛰어넘어 실개천으로 오늘도 흐르고 내 고향은 언제나처럼 큰 기쁨이다.

귀한 아들, 그래서 나는 어려움을 모르고 응석받아 귀염둥이로 자랐다. 왜소하고 가냘픈 내 어린 시절은 그리 건강하지는 못했지만 병치레는 하지 않았다.

초등학교에 입학한 내 나이는 만 5살이 겨우 넘었었다. 우리식의 음력 나이로는 7살이었지만 생일이 12월 28일이었으므로 실제 나이보다 두 살이나 차이가 있었다.

아버님이 학교 동창회에 관여하셨고 일찌기 서울에서 공부를 하신 분이기 때문에 아마 유치원 과정처럼 입학시킨 것이 새학기를 맞으면서 진급을 하고, 그래서 나는 초등학교 3학년까지는 공부를 지지리 못하는 별볼 일 없는 아이로 학교 생활에도 흥미를 느끼지 못하였다.

할머니는 그런 나를 매일처럼 업고서 학교에 다니셨다. 수업이 끝날 때까지 할머니는 교실 밖에서 기다리시다가 어린 악동을 업고 "조선에 둘도 없는 우리 손자, 세상에서 제일 귀한 우리 손자"라고 할머니의 여생은 그리 신이 나셨다.

나는 늦게까지 할머니의 젖을 먹었다. 7살 때까지였다. 그 무렵 이웃 산사에 계신 스님이 산삼을 캐어 우리집에 오셨다. 영물인 산삼을 할머니는 내게 먹이셨다. 산삼의 효험인지 나는 차츰 건강해지기 시작했고 지금까지 병원 신세를 별로 지지 않았다. 그러나 할머니의 품 안에서 자란 나는 어머님과 위로 누나 두 분의 영향을 받아서 내 성격도 차츰 내성적이고 여성적으로 매사에 수줍음이 많고 적극적이지를 못했다.

그 당시 학교에서는 미국의 식량 원조로 강냉이죽을 끓여 학생들에게 배급했는데 나는 가정 형편이 좋다는 이유로 제외되었다. 노랗게 끓인 강냉이죽은 보기에도 먹음직했고 군것질을 할 것 없던 그 당시에는 간식으로는 최고였지만 항상 부러운 시선으로 바라보다가 때로는 도시락과 바꿔 먹기도 했다.

한 학년 위인 둘째 누나는 늘 우등생이었으나 집안에서 사랑을 독차지하는 동생이 못마땅하여 다투기 일쑤였으며, 공부 얘기만 나오면 나는 기를 펴지 못하는 아이였다.

4학년이 되었다. 제주도에서 오신 아주 복스럽고 예쁘신 여선생님이 담임이 되셨다. 전교에서 단 한 분뿐이신 여선생님, 사범대학을 갓 졸업하시고 오신 분이었다. 잘 보이고 싶었다. 공부도 열심히 했다. 둘째 누나에게도 지고 싶지 않았다. 가을 무렵부터 교장 선생님 관사에 계셨던 여선생님 댁에서 공부를 했다. 공부가 끝나고 잠자리에 들면 선생님은 내 두손을 꼬옥 잡아 주시곤 했다.

선생님의 품 안은 항시 따스했다. 분 냄새도 좋았다.

드디어 봄 방학이 되던 날 나는 우등상을 받았다. 무척 신이났다. 공부하는 것도 재미가 있었다. 글도 쓰고 싶었다. 학교 신문에도 제법 내 이름이 오르내리기 시작했고 나는 또 다른 취미를 가지게 되었다.

6학년이 되면서 중학교 진학문제가 대두되었으나 별 어려움이 없이 읍내에 있는 문경중학교에 원서를 냈다. 그 당시의 문경중학교는 대단한 자부심을 느끼게 했다. 시골 학교에서 기껏해야 1년에 1명 정도 진학할 수 있는 경북 북부지방에서는 명문이었다. 당연히 합격하리라 믿었던 나는 첫 번째 시험에 실패를 하고 말았다. 부끄러웠다. 부모님과 선생님들의 실망도 컸다. 이게 아닌데 시험문제는 너무 쉬웠는데. 그러나 난 친구들로부터 7학년이라는 자랑스럽지 못한 놀림 속에 다시 학교에 다닐 수밖에 없었다.

다시 시작하는 공부는 흥미가 있을 리 없었다. 단조롭고 지루한 나날이었다.

동네에서 잔치가 벌어졌다.

면장도 오시고, 지서장도 오셨다. 며칠 전에 아버님은 대구 보화원에서 효자상을 받으셨기 때문에 동리 주민들이 축하하는 잔치를 벌이셨다.

13년을 병석에 누워 거동도 못하시는 할아버지, 귀도 어두우시고 정신도 없으시며 검버섯에 피부는 상하시고, 잠시라도 간병하는 이가 없어도

대소변을 가리지 못하시던 할아버지, 온가족이 그 수발을 하느라고 갖은 고생을 다 하셨지만 아버님을 효자로 만드셨다.

그해 여름, 삼복더위가 한창인 8월 초순 할아버지는 당신의 생을 마감 하셨고 나는 난생처음 죽음을 보았다. 너무도 평화로웠다. 인간의 죽음은 감당하기 힘든 고통이라는데 할아버지는 유언 한마디도 없이 영원히 잠 이 드신 것이다. 13년이라는 긴 세월이 아픔도 고통도 잊게 하신 모양이 다. 슬픔도 느껴지지 않았다.

그냥 일상의 생활이 반복되어지듯이 아주 태연하다는 생각이 들었다. 할아버지의 장례는 5일장으로 치러졌다. 문상객들이 끝없이 찾아들었고, 나는 불평없이 맏손주로서 상제 노릇을 다 하였다. 빈소를 마련하고 삼 년을 하루같이 조석으로 우리 가족은 할아버지 영정 앞에 호곡했다.

가난은 슬픔처럼 다가오고

그해 나는 다시 문경중학교에 도전을 했고 운명의 여신은 내게 미소를 보냈다. 드디어 중학생이 되었다. 흰테가 둘러진 모자를 쓰고 주말이면 개선장군처럼 고향집에 들렀다.

주위분들은 늘 칭찬을 해주셨고 나는 단정한 아이로 유년의 시절을 맞이했다. 그러나 어찌된 셈인가, 한 점 구름이 없던 우리 가정이 흔들리기 시작했다. 걷잡을 수 없이 가세가 기울어졌다. 특별한 직장도 없으신 아버님이 농협 일을 보시면서 빚보증도 서주시고 시골에서 출입이 빈번하시더니 끝내 우리집은 파산을 했다.

부자가 망해도 3년은 간다고 했는데 할아버지가 돌아가신 뒤 3년 부족함을 모르고 살아온 나에게는 충격이었다. 중학교 3학년 새 학기가 시작되기 전 아직은 봄이라고 하기엔 이른 2월 어느 날, 난 그날도 평상시와 같이 등교를 했고 진눈깨비를 맞으며 자취방에 들어섰을 때 한숨짓는 할머님과 부모님의 얼굴이 정리가 되지 않은 이삿짐의 혼돈스러움과 함께 슬픔으로 다가왔다.

어찌할 것인가, 아버님의 얼굴은 낭패감으로 수심이 가득했고 두 평 남짓한 방에 할머님과 부모님 그리고 우리 남매, 여덟 식구가 살아야 한다니, 부엌이 있을 리 없었고 중학교 진학을 하지 않은 둘째 누나는 며칠 밤을 지새운 뒤 아무런 미련도 없이 홍도처럼 서울로 떠나갔다.

한 입이라도 줄여야 했다. 그렇게 건강하시던 할머니는 시름시름 아프기 시작했고, 아버님은 체면 때문에 읍내에서는 아무 일도 할 수 없었다. 어머님은 이제 체면이고 뭐고 가릴 것 없이 살아야겠다고 이를 악물고 행상을 시작하셨다.

세끼 밥을 먹을 수 없었다. 늘 허기진 동생들, 할머님의 병은 더욱 깊어가고 아버님도 강원도 어느 산골 탄광으로 떠나셨다. 어머님의 살아야겠다는 집념은 불꽃처럼 타올랐지만 우리 식구의 생계에는 늘 부족했다.

밤늦게까지 돌아오지 않는 어머님을 기다리며 나는 동생들을 감싸안고 눈물을 흘렸다.

까닭 없는 슬픔이 사춘기 소년의 마음을 더욱 슬프게 만들었다. 어떻게 할 것인가, 벌레 한 마리도 죽이지 못하는 내 여린 마음이 감당하기엔 너무나 큰 시련인 것을!

학교를 그만두기로 마음을 먹었다. 아침 점심 저녁 하루 세 끼가 국수로 이어졌다. 아예 도시락을 챙긴다는 것은 사치스런 생각이었고 보리밥 한 끼 먹는 것이 간절한 소망이었다. 여동생은 이제 초등학교 2학년, 둘째 동생은 8살, 막내는 6살, 어린 내 마음에도 돈을 벌어야겠다는 생각이 끊임없이 나를 괴롭혔다.

여동생은 투정 한 번 부리지 않는 착한 아이였다. 어머님이 행상을 나가시면 두 평 남짓한 방에는 할머님의 기침 소리가 끊이지 않고, 아직은 아무것도 모르는 철부지 동생 둘이서 할머니의 말벗이 되다가 지쳐 잠이 들면 여동생이 학교에 다녀와서 동생들의 끼니를 챙기고 거동을 못하는 할머니의 간병을 했다.

10살의 어린 여동생은 그렇게 가난과 친해지고 어머님의 빈자리를 훌륭하게 메꾸어주는 어른스러움을 보였다. 안타까움과 연민으로 나는 항상 부끄러웠지만, 16살의 나이로는 아무것도 할 수 없는 내 자신의 무능과 자학으로 내면의 순수성을 변화시키면서 자꾸만 못된 아이로 줄달음치기 시작했다.

공부하는 것도 내겐 사치였고 가을 하늘을 바라보다가 문득 고향이 그리워지는 것도 부질없는 상념으로 돌리면서 난 말 수가 적어지는 고독한 아이로 변해가고 있었다. 철저하게 내게 주어진 모든 환경을 부정하는 무관심과 가난에 대한 반항심에 몰두했다.

어머니는 과수원에서 썩고 병들어서 떨어진 사과를 주워와서 시장 바닥에 종이 몇 장을 깔고 두 개 혹은 세 개씩 포개어 우리 남매에게 맡겨놓고는 또다시 다른 행상을 하러 가셨다. 그러면 종일을 앉아 있어도 단 몇 개의 사과도 팔지 못하는 우리 남매는 서로 얼굴만 쳐다보다가 나는 도망치기가 일쑤였다.

한참 감수성이 예민한 사춘기 소년은 어린 여동생의 고생쯤에 자존심을 바꾸기는 더욱 싫었던 것이었다.

그렇게 흐른 1년의 세월은 바람이었다. 태풍처럼 우리 곁에 몰아친 바람에 우리 가정은 웃음을 잃어 버렸고, 궁색함으로 점철된 가난 앞에 모두가 지쳐버렸다.

중학교 3년은 그렇게 지나가 버리고 나는 내 의사와 무관하게 다시 어머님의 고집으로 고등학교에 입시원서를 냈다.

고교 진학, 끝없는 방황

배워야 한다.

남자는 배워야 한다. 나중에 엿장수를 할지언정 남자는 배워야 한다.

그리고 쫓겨나다시피 떠나온 고향을 잊어서는 안된다. 남보란 듯이 출세
해야 한다. 성공하는 길만이 이 어미의 소원을 풀어주는 길이다. 공부해
야 한다. 내 머리가, 내 온몸이 부서지더라도 너는 배워야 한다고 어머님
은 피가 맺히도록 절규하셨다.

 별로 신통치도 않은 중학교 때의 성적은 나를 곤혹스럽게 만들었다.

 문학을 하겠다고 글 나부랭이를 써서 친구들에게 낭독하고 몇 편의 시
에 내 한숨을 토로하면서 그 나이 또래가 갖는 누구나 시인이 되고 싶은
그런 부류의 꿈을 가진 나는 친구들의 연애편지를 써 주면서 그 댓가로
우동이나 빵을 구걸하였다.

 나이에 걸맞지 않은 사색을 했다. 현실에 어울리지 않는 꿈을, 총천연
색 칼라 꿈을 꾸고 싶었고 릴케나 한하운을 아름드리 동경했다.

 그래 가난은 죄가 아니다. 살아가는 데 단지 불편할 따름이다. 그러나

자랑거리는 되지 못한다. 나는 멋지게 살아갈 것이다.

신춘문예에 제왕처럼 화려하게 데뷔하고 노벨문학상을 수상하는 세계 제일의 문학작가가 되리라. 온세상은 내가 하는 한마디 말과 글로 아름다워질 것이며 나는 언어의 마술사로 문학의 금자탑을 쌓는 살아 있는 대문호가 되리라.

꿈은 늘 비현실적이지만 그 꿈이 갖는 의미는 신선했다. 입시 전날이었다. 친구들과 모여 밤을 새웠다. 하릴없이 그냥 밤을 새운 것이었다. 어머니의 간절한 소망도 나는 차갑게 외면해버리고 싶었다.

서울로 가서 돈을 벌고 싶다는 현실적인 욕망이, 그래서 할머니의 병도 낫게 해주고 싶었고 동생들에게 배불리 음식을 먹이고 싶은 마음만 가득했다. 그러나 밤이 지나고 나면 나는 어느새 날개깃이 부러진 한 마리 작은 새였다. 비상할 수 있는 힘을 상실한, 그래서 날갯짓도 할 수 없는, 날 수 없는 새는 얼마나 불행한가!

시험 보는 날 아침에 어머님에게 두 손을 꼭 잡힌 채 시험장에 들어섰다. 학교는 읍내에서 1㎞나 떨어진 허허벌판에 있었다. 그날도 예년처럼 차가운 날씨였다.

점심시간이 되었다. 어머님의 얼굴이 너무 추워 보였다. 새파랗게 질린 어머님의 얼굴은 조각처럼 날이 섰다. 집에서 라면을 끓여 오셨던 것이다. 그 추위에 시계도 없이 점심시간에 맞추어 시험을 치는 아들을 위해 라면을 끓여오신 어머님, 벌써 냄비는 냉기가 느껴졌지만 나는 꾸역꾸역 그 라면을 먹었다. 국물 한 점 남기지 않고. 천천히 먹거라 하시던 어머님은 외면을 하고 계셨다. 주위에는 김이 무럭무럭 솟는 국밥장수들이 장사진을 치고 있었지만 나는 이빨을 덜덜 떨어야만 했다.

시험은 잘 보았다. 예상대로 나는 인문과에 합격을 했다. 그러나 또 다른 벽이 나를 가로막았다. 입학금을 구할 수가 없었다. 며칠을 두고 고민하던 부모님은 나에게 제안을 하셨다. 입학을 포기하고 서울로 가서 야간고등학교에 진학을 하라신다. 그 대신 이웃 마을에서 시험에 떨어진 친구가 내 대신 입학을 하고 그 대가로 쌀 3말을 준다고 하니 그렇게 하는 것이 좋지 않겠냐고 내게 물으셨다.

나는 학교 진학보다는 서울에 대한 막연한 동경심이 너무 커 단숨에 좋다고 대답을 했다. 그러나 끝내 그 일은 성사되지 않고 나는 문경종합고등학교 인문과에 입학을 했다.

키가 불쑥 컸다. 부모님은 비교적 큰 키가 아니었다. 나도 항상 작은 체구였으나 입학을 하고 나니 멋없이 커버린 키가 신기할 정도였다. 힘들게 입학은 하였으나 공부에는 계속 관심이 없었다. 가정 환경도 좀처럼 나아진 게 없었다. 부모님의 걱정과 안타까움을 더할 수 없으나, 길이 들여지지 않는 야생마처럼 나는 끝도 없는 방황을 하기 시작했다.

학교를 빠지는 날도 있었다. 등록금은 항상 몇 달씩 미뤄지기 일쑤이고, 17살 소년의 마음을 알아주는 사람은 아무도 없었다. 답답했다. 세상이 원망스러웠다. 어떻게 사는 것이 내 인생에 있어서 도움이 될 수 있을까 하는 생각조차도 싫었다. 가출을 했다. 돈이 필요했다. 불정에 있는 어느 탄광에 가서 며칠 일을 했다. 그러나 그것도 힘이 들었다. 어디론가 흔적도 없이 떠나고 싶었다. 할머니는 만류를 하셨다. 노안에 젖어드는 눈빛이 나를 울리고 말았다. 다시 마음을 고쳐먹었다.

그래 공부를 하자, 어차피 난 학생이고, 내 본분은 공부를 하는 것이니까. 차츰 내 마음이 정리되면서 다시 문학에 대한 나의 사랑을 확인하고자 행복하지 않은 글쓰기 작업을 연습했다. 1년 사이에 이사를 3번씩이나 다녔다. 식구는 많고 단칸방을 전전하면서 그나마 주인집 눈치를 보면서 큰기침 한번 못하고 기약도 할 수 없는 이삿짐을 싸고 또 풀고 했던 것이다.

그 해 여름 아버님께서는 부산에 있는 당숙네로 가서 방학 동안 공부를 하고 오라면서 편지 한 통을 나에게 주셨다. 당숙어른은 그때 고등학교에서 교편을 잡고 계셨다.

난생처음 부산에 갔다. 완행열차를 타고 어쩌면 여행길이라고 자위를 하면서 여유를 가졌지만 혼자만의 여행이란 늘 외롭다.

아버님이 당숙에게 전하라고 하신 봉투를 살며시 뜯어보고는 한동안 멍해질 수밖에 없었다. 아버님은 나를 자식으로 생각하지 않으셨다. '속만 썩이는 골칫거리란다' 부모님의 사랑은 끝이 없다지만 얼마나 마음 아픈 일인가.

해질 무렵의 부산역 비릿한 해조음 냄새가 과히 싫지 않았고 갈매기 나는 항도 부산은 내 여행지의 종착역이었다.

당숙 집에 도착했지만 대문은 굳게 잠겨 있었고 어느새 어둠이 진하게 깔려 있었다. 갈 곳이 없다. 두려움과 불안은 이내 혼자라는 생각이 들자 오히려 마음이 편해짐을 느꼈다.

어떤 연유일까, 항도의 밤바람은 서늘하게 미풍처럼 내 얼굴을 스치고 도회의 야경은 빛이 나고 있는데 통행금지는 자꾸만 내 가쁜 숨결을 죄었다.

매연으로 찌든 가로수 밑에서 하릴없이 두 손을 맞잡고 난 나그네의 심사로 여명의 새벽을 애타게 기다렸지만 끝내 통행금지의 울타리 안을 벗어나지 못한 채 파출소로 연행되고 말았다. 꾀죄죄한 교복에 까까머리 학생의 사연은 날이 밝자 훈방조치되었다.

따가운 햇살에 시장끼를 느끼며 하릴없이 걷던 나는 영도에 있는 당숙의 학교로 향했다. 그러나 당숙께서는 가족과 함께 대구로 떠나시고 계시지 않았다. 절망이었다.

그리고 만난 여름 바다. 아! 바다. 17살 소년은 처음 바다를 보았다. 경이로운 바다. 철썩이는 파도, 그리고 갈매기떼. 난 그대로 바다로 뛰어 들었다. 모든 상념도 잊어버린 채 짭짤한 염분기가 싫어지도록 7월의 바다를 즐기고 있었다.

그날 밤도 나는 머물 곳이 없어 방파제를 쌓아놓은 콘크리트 구조물에서 밤하늘의 별을 헤며 잠을 청했다.

거대한 도회에서 나 하나쯤의 존재는 부서지는 파도처럼 흔적도 없이 잊어버렸고 나는 이틀이 지나도록 굶고 있었다. 돈이 없었다. 겨우 어찌하여 당숙이 근무하는 학교 선생님의 도움으로 무사히 고향집으로 돌아왔지만, 악몽처럼 3일간의 여행은 두고두고 잊혀지지를 않았다.

할머니의 죽음

그해 겨울.

나에게는 이 세상에서 가장 소중했던 할머니가 오랜 투병 끝에 병원 한 번 가지 못하고 돌아가셨다. 차가운 바람은 끊이질 않고, 난 할머니의 시신을 붙잡고 몸부림쳤다. 양지바른 언덕 위에 할머니를 묻고 돌아오면서 처음으로 죽음에 대해 진지하게 생각했다. 인간의 삶에 대해서 회의를 느꼈다. 죽음은 시시각각으로 그림자처럼 다가오고 난 또다시 방황의 늪으로 빠져들기 시작했다.

내게 무슨 희망이 있는가.

존재의 필요성을 느낄 수 없었다. 단지 살아야 한다는 절박한 관념만이 때때로 나를 부추기고 있을 뿐 내 생활은 질서를 잃어 버렸다. 담임 선생님으로부터 매를 맞으면서도 나의 방황은 끝날 줄 몰랐다.

3학년이 되었다.

턱에는 까칠까칠한 수염이 돋아나고 열아홉 살 청년으로 성장했다. 고교 3학년이면 누구에게나 중요한 시기이지만 난 아직 대학 진학은 생각지도 못하고 있었다. 설령 대학입시에 합격을 하더라도 우리 가정 형편으로는 어림도 없는 노릇인 것을 잘 알고 있었기 때문에 대학 진학에 큰 미련을 가지고 있지는 않았다.

1학기가 지났다. 여름 방학이었다. 그때까지 1기분 등록금을 내지 못하였다.

이슬비처럼 소리 없이 내리던 빗줄기가 제법 굵어지던 여름밤, 난 기어이 중앙선 야간열차에 몸을 실었다. 이제는 몇 년 동안이나 친숙해진 가난이라고 생각했으나 끝도 알 수 없는 가난은 나를 유혹하고 말았다.

어머님의 뜨거운 눈물도 친구들의 만류도 뿌리친 채 나는 꿈에 그리던 서울로 도망을 온 것이다. 비겁자처럼 야반도주하는 도박꾼처럼 빈손으로 달려온 내게 서울은 꿈쩍도 하지 않았다. 20여 일의 서울 생활은 나를 더욱 비참하게 만들었다. 모두가 분주하게 돌아가고 있었다. 여유도 없이 휴식을 위한 시간도 없이 가쁘게 서울은 바삐 움직이고 있었다. 나만이 소외된 채, 나만이 할 일 없는 방관자처럼 어느 누구도 눈길 한번 주지 않고 철저하게 외면당하고 있음을 인지했다.

아니다. 이것은 아니다. 이래서는 안된다. 도리질을 하면서 지나간 시

절을 돌이켰다. 바보처럼, 용두사미처럼 살아온 나날들, 회한이 돌이켰다. 마음이 급해졌다. 서둘러 귀향했다. 그리고 다시 시작했다. 밤을 새웠다. 3년여의 긴 방황에서 나를 찾아냈다. 부모님들은 아직도 걱정스러운 눈빛이지만 그래도 적이나 안심이 되신 듯하셨다. 주위 친구들도 모두들 놀라워했다. 그렇다. 3년의 공백을 난 3개월에 깨뜨려야 했다. 꼭 이루어 내고야 말리라. 날마다 새로워지는 나를 발견했다. 목표를 세웠다. 가난하니까 돈이 적게 드는 국립대학이나 농협대학을 가야겠다고 결심했다. 무난히 예비고사는 통과했다. 1지망 2지망 모두 합격을 했다. 전기대학 원서를 냈다. 집안이나 아는 선배들의 조언을 들을 수가 없었다. 스스로 결정을 내렸다. 국립대학 중에서 그래도 충남대학교가 내 실력으로는 무난하리라 생각이 들었다. 그러나 전공학과를 결정할 수가 없었다. 문과반으로 공부를 했고 내 스스로의 적성도 맞다고 생각하며 담임 선생님께 법대를 지망하겠다고 말씀을 드렸더니 선생님은 다시 한번 생각을 해보라

고 하셨다. 기분이 언짢았다. 갈등이 생겼다. 그래 난 그동안 글쓰기에 게
으름을 피웠지만 그래도 국문학과를 지망하는 것이 좋을 것 같았다.

그러나 그도 잠시 결국 그 당시의 문학가들은 춥고 배고픈 직업이었고
찌들 대로 찌든 가난에 진저리를 치고 있던 나는 생각지도 않았던 엔지니
어가 되어야겠다는 생각이 불현듯 내 뇌리를 스쳤다. 문과반에서 이과반
으로 옮기는 불이익을 감수하면서 공과대학을 지원했다. 그래서 나의 대
학 생활은 대전에서 시작되었다.

대학 생활은 시작되었지만

나는 아주 자랑스러웠다. 부모님들도 기뻐하셨고 주위분들도 칭찬을
해주셨다. 그동안의 허물은 대학 합격이라는 미명 아래 다 묻혀 버렸다.
그래서 인간은 사회적 동물이고 망각의 동물이라고 하는지 모른다.

합격의 기쁨도 잠시 5만여 원의 등록금이 태산처럼 앞을 가로막았다.
가정 형편은 조금도 낮아지지 않고 꿈에 부푼 대학 생활의 동경심은 내
자존심을 앗아가 버렸다.

그래 꼭 한 번, 꼭 한 번만 도움을 받고 싶었다. 부모님들과의 상의도
없이 나는 서울에 계신 고모님 댁으로 찾아갔다. 고모부님이 변호사로 근
무하고 계셨기 때문에 어쩜 어린 조카의 처지를 이해해 주시고 선뜻 도와
주시라 믿었다. 당돌했다. 고모님에게 간절한 소망으로 도움을 청했다.

대학 졸업 후에 꼭 갚아드리겠노라고.

그러나 열아홉 살 철부지의 진실은 도움이 될 수 없었다. 서울의 하늘은 온통 회색빛이었고 혹한의 겨울 추위는 나를 절망케 했다. 연희동 비탈길은 평생을 두고 잊지 못할 한스러움을 내 가슴에 남긴 채 살을 에는 바람 속을 걸었다.

마지막 희망을 잃지 않았다. 이 세상에서 한 분뿐인 외삼촌, 평소에도 나를 칭찬해 주시고 아껴 주시던 외삼촌은 시골 초등학교 교장 선생님이셨다.

경북 영양, 일월산 어느 기슭의 두메산골, 추위도 잊은 채 완행버스를 몇 번씩 갈아타고 밤이 으슥한 시간에 도착했다. 밤이 늦도록 외삼촌에게 사정을 말씀드리고 부탁했지만 겨울밤은 무심하게 깊어만 갔다.

새벽 어둠이 채 가시기도 전에 나는 외삼촌 댁을 나섰다. 별이 초롱초롱했다. 첩첩산중의 새벽길에서 나는 오열했다. 뜨거운 눈물을 삼키면서 부모님을 생각했다. 불쌍하신 부모님, 그래 대학이 내 삶의 전부일 수는 없다. 차라리 진학을 포기하자. 그리고 돈을 벌자. 그래서 이 몸서리치는 가난에서 벗어나자. 욕심은 집착에서 생기고 집착은 또 얼마만한 고통을 가져다 주는가!

나는 아직 젊었다. 세상을 살아가는 지혜는 부족하지만 어떤 시련도 극복하리라 마음을 굳게 먹었다. 후련했다. 홀로서기를 해야 한다. 이 겨울 아침에 난 세상의 이치를 또다시 깨닫고 집으로 돌아왔다.

나는 부모님에게 그간의 말씀과 내가 대학 진학을 포기하는 길만이 우리 가정과 동생들을 위해서 도움이 되는 길이라고 내 주장을 말씀드렸지만 어머님은 적극 반대를 하셨다. 그럴 수 없다. 너는 우리 집안의 맏이이고 아직 동생들은 어리니까 학업을 계속해야 한다고 오히려 나를 설득하셨다. 우여곡절 끝에 등록을 마치고 난 대학생이 되었다.

3월의 캠퍼스는 온통 희망과 즐거움으로 가득했지만 나는 한치의 여유도 가질 수 없었다. 산꼭대기 판잣집의 내 자취방은 꿈을 키우기에는 너무나 초라했지만 나는 가정교사 자리를 기웃거리며 늘 바쁘게 생활해야만 했었다.

유신체제하였다. 민주와 자유의 개념이 확실하지도 않은 채 시위대의 후미에서 고민하기도 했다. 1년의 세월은 훌쩍 지나가 버렸다. 계열별 입학이라서 2학년 때부터 전공과목을 정해야 했다. 몇 날 밤을 세우며 결정했다. 1960년대 말 우리나라는 중, 화학공업의 발전에 주력했다. 화학공학과의 인기가 대단했다. 화학공학과를 지원했다. 부전공은 교육학을 선택했다. 평범한 대학 생활이었다. 늘 가난이 짐스러웠지만 밖으로는 절대 표현하지 않고 언제나 웃음을 잃지 않았다.

어머님은 한 달이면 꼭 한 번씩 쌀과 반찬을 가져다주며 내 손에 용돈을 쥐어 주셨지만 나는 겨우내 연탄불 한 번 지피지 못하는 경우도 있었다.

어렵게 대학 3학년을 마쳤다. 둘째 동생은 늘 우등생이었으나 초등학교를 졸업하고 열네 살의 어린 나이에 점심을 굶어가며 인쇄소에 취직을 했다. 여동생은 가내공장을 다니고 있었다. 가엾은 동생들이었다. 얼굴은 항상 누런빛이었고 금방이라도 쓰러질 듯한 허약함이 늘 내 가슴을 메어지게 만들었다.

휴학을 했다. 서울로 갔다. 남대문 시장에서 악세서리를 한 보따리 샀다. 그리고 이태원으로 가서 몇 날을 팔았다. 양키들을 상대로 장사를 했지만 신통치를 않았다. 아는 분의 주선으로 경남 양산에 있는 화학공장의

실험실에 취직을 했다. 1년을 다녔다. 한 학기 등록금을 벌었다.

동생은 그해 중학교에 입학을 하고 나는 홀가분한 마음으로 육군에 입대를 했다. 육군 제2 하사관 학교를 1등으로 졸업하고 최전방인 강원도 원통에서 공병대대의 공사 작전업무를 수행했다.

전역 후, 나는 대학에 복학했지만 가난의 끝은 보이지 않았다. 주말이면 공사장에서 막노동을 했다. 1980년의 봄은 온통 혼란 그 자체였다. 남도 여행을 떠나면서 나는 우울했다.

그해 가을이었다. 문경군 출신 대학생들의 모임인 대학생연합회의 부회장에 선출되었다. 내 고향인 거산리에 봉사 활동도 다녀오고 대전에서 정기모임을 갖는 등 활발한 활동을 하였다. 겨울이었다. 일일찻집을 한 수익금으로 문경군청의 협조를 받아 회원들과 함께 농암면의 나환자촌을 위문하였다. 또 다른 세상을 경험했다. 양계와 양돈으로 삶을 살아가는 그네들은 우리의 방문을 그렇게 반가워하지는 않았다. 식사 대신에 잘 포장된 빵과 계란, 그리고 그 당시만 하더라도 문둥병을 천형의 벌처럼 사람들은 무서워하고 경계하였다. 우리 일행은 결국 그들이 전해준 음료수와 빵도 제대로 먹지를 못했다. 양심의 배반이었다.

　봉사한다는 것은 무엇인가, 그들의 흉한 모습에 식욕을 잃어버린 얄팍한 내 양심의 이중성에 심한 환멸을 느끼며 그날 밤 나는 취하고 말았다. 눈밭 길에 넘어지면서 실성한 인간처럼 허탈한 웃음으로 자조하면서 끝내 그날 밤 한잠도 못 이루며 나를 넋두리했었지.

　　나환자촌에서 일가를 만났다
　　한 할아범 자손인데도
　　악수를 잊어버리고
　　응얼이지는 슬픔으로
　　반가움을 대신했다
　　아제,
　　문둥이 아제

　　사이다, 콜라, 계란, 빵
　　정성드려 차린 식탁은 일등 메뉴
　　허기채워 일렁이는 속은
　　양심을 배반했다
　　달아오는 얼굴로
　　아제 미안해

　　흉년을 걱정하며
　　물가는 치솟고
　　선거도 며칠 남지 않았는데
　　큰놈은 중학 졸업반

일상의 근심은 끝 간 데 없다

오늘은 닷새장
구부러진 손마디에 손톱이 몇 개였던가
애써 눈썹을 만들고
선글라스 끼니
거울도 웃는다
멋쟁이 아제
그래도 시오리 장길은 멀기만 하다.

구름도 쉬어 넘어
참으로 인정이 그리운 세상
언제 대로에 군자행을 할거나
하늘도 하나이고 땅도 같은데

찐문디
꽃문디
한많은 평생
바람조차 쉬일 날 없어
올같은 추위에는 마리아도 떨고 있었다.
— 「상신원에서」 전문

　동생은 명석한 아이였다. 중학교에서도 늘 수석의 자리를 다툴 만큼 다
재다능한 수재였다. 고등학교 입시에서도 당당 2등으로 합격했다. 기쁨
이었다. 자랑거리였고, 우리 집안에서 기대가 가장 큰 아이였다. 가정교

사를 하였다. 고등학교 1학년 아이가 장학금을 받으며 집안에 용돈을 보
태어 주었다.

장한 아이, 눈물이 나도록 고마운 아이. 그러나 5공화국은 과외지도를
금지시켰다. 어느 날부터인가 동생은 변하기 시작했다. 아픔이었다. 진실
로 감당할 수 없는 아픔. 유전처럼 형의 방황을 답습하는 그 아이가 안타
까웠다. 바보처럼. 나는 그애와 많은 날들을 입씨름하며 나 자신의 무능
함에 고개를 떨구어 버렸다. 가난 때문이었다.

어미의 메마른 젖이었다.
아비의 기침 소리였고
석 달을 자란 수염이었다.
열아홉 나이에 집을 나간
아우의 얼굴이었다.
ㅡ「가난 1」 전문

어머님
죄가 아니랍니다.
살아가는데 불편할 따름이에요.
어차피
빈객인데
한평생
그저
청백사에 길이 빛나소서
ㅡ「가난 2」 전문

코스모스 졸업, 그래도 이왕 살 바에는

코스모스 졸업.

남들은 흔히 그렇게들 얘기한다. 고행이었다. 아니 기적처럼 학사모를 썼다. 지성을 배울 여유가 없었고 낭만을 즐길 촌음도 없었다. 무미하게 대학 생활을 마감했다. 현실은 언제나 거짓이 없다. 하루의 생활이 너무 초라했다. 2차 오일 쇼크에 취업이 되지를 않았다.

지방대학 출신의 서러움이었다.

안양에 있는 화학공장에 취업을 했다. 야근을 하면서 또 점점 왜소해지는 나를 발견했다. 노무자처럼 변해버린 내 자신에 대해 측은함이 앞섰다. 그러나 어찌하랴 가진 것도 없고, 실력도 없는 무일푼의 사내가……. 체념했다. 산다는 것이 중요하다. 살아야 한다. 존재한다는 것은 참으로 위대한 것이다. 스스로를 부추기며 나는 열심히 내게 주어진 현실에 최선을 다했지만 현실과 노력의 결과는 너무나 차이가 컸다.

시행착오처럼 많은 시간을 허비했지만, 난 과감히 사직서를 내고 다시 대전으로 왔다. 새로운 무엇이 나를 기다려줄 것 같은 예감이, 그리고 처음부터 다시 내 인생을 시작하리라는 번쩍이는 각오를 되뇌이면서…….

대전에서 생활은 내 인생에 있어서 가장 중요한 변화를 의미하는, 그리고 지금의 나를 태동하는 시기였다. 취업도 되지 않은 상태에서 난 환경 분야에 관심을 가지기 시작했다. 1977년 환경보전법이 제정된 지 몇 해가 지났지만 우리나라의 현실은 환경보전보다는 경제정책이 우선이었다.

환경은 그 당시 처녀림처럼 미지의 학문이었고, 수출 산업의 뒷전으로 밀려 있었다. 꼭 환경분야에서 일을 해야겠다는 의지보다는 우선 의식주 해결이 급선무였기 때문에 두문불출 환경기사 공부를 했다.

다행히 환경기사(대기, 수질1급) 자격증을 취득하고 곧 바로 환경오염방지 전문업체에 입사를 했다. 환경과 관련된 자가측정대행업을 비롯하여 전문건설업까지 모든 분야의 사업을 하는 전 직원이 50여 명이 되는 유수의 방지시설 업체였다.

내가 발령받은 부서는 실험실이었다. 공해측정 분석을 하는 곳이었다.

열심히 노력했다. 초자기구를 씻고 닦으면서도 정성을 다했다. 내게 주어진 과제에 최선을 다했고 원만하고 적극적인 사고방식으로 매사에 임했다. 밤 늦도록 나는 업무에 매달렸고 아침이면 늘 새롭게 태어났다. 4개월이 지나자 나는 시설사업부로 발탁이 되었다. 환경오염방지시설의 설계, 인 허가 대 관청업무를 수행하는 핵심적인 부서였다. 상사들도 내 업무처리 능력을 인정해 주셨다. 10개월만에 계장으로 승진했다. 신혼 초였다. 아내에겐 늘 미안했다. 늦은 귀가, 아내는 심지가 굳은 여자였고, 촛불처럼 안으로만 슬픔을 삭이면서 불평을 할 줄 모르는 착한 사람이었다. 사글셋방의 신혼은 언제나 정갈했지만 월급봉투는 모두 부모님에게 보내드리고 우린 자린고비처럼 절약을 했다.

가난이 몸에 밴 탓일까, 아내는 그런 남편을 이해해 주려고 무던히 노력했다. 정직하고 근면하게 살고자 싱그런 웃음을 잃지 않았다.

회사 생활은 이제 이력이 붙고 나는 채곡채곡 많은 지식과 기술을 습득하기에 시간이 모자랄 지경이었다.

세 가지 목표를 세웠다.

첫째, 인간의 능력에는 한계가 있지만 노력에는 한계가 없다. 열을 얻지 못하더라도 최선을 다하는 보람을 가지자.

둘째, 사회 생활은 공존이다. 나를 내세우지 말고 항상 상대방의 얘기에 큰 귀를 가지자.

셋째, 나도 할 수 있다. 자신감은 인생의 가장 큰 재산이며 지혜이다.

나는 스스로 채찍질을 했다. 힘들고 어려우면 지난날을 생각했다. 내게 내세울 만한 자랑거리라곤 아무것도 없다. 그리고 비상해야 한다. 나는 점차 세상을 크게 보기로 했다. 어설픈 날갯짓이라도 해보고 싶었다. 때론 현실에 안주하고 싶은 마음도 있었으나 나는 과감히 결단을 내렸다. 내 나이 서른한 살, 부모님과 아내의 만류에도 불구하고 그동안 참으로 열심히 일했던 직장에 사표를 냈다. 중역들은 나를 설득했다. 그러나 한 달여에 걸친 공방전 끝에 나는 내 의지대로 나의 새로운 삶을 시작하기로 했다. 회사분들께 진정으로 미안한 마음이 앞섰다. 2년 남짓한 세월, 홀로서기에는 아직 힘겨운 연륜이었지만……

야망, (주)푸른환경을 창립하다

아무것도 가진 것이 없는 빈손으로 무엇을 시작하려는 것이 야망일까.

생전에 사업을 해야겠다고 마음먹어 본 적도 없었다. 내게는 그럴 능력과 재력도 없었기 때문에 꿈같은 얘기였다.

4월 봄날이었다. 목련꽃이 청초하다. 새싹이 돋아나는 생명의 경이로움 속에 나는 걸음마를 시작했다. 힘에 겨워 비틀거렸다. 아무도 내게는 관심이 없었다. 신립 장군처럼 배수의 진을 치고, 그러나 개선장군이 되어야 한다. 사무실을 얻었다. 열 평 남짓한 사무실, 아내와 매제와 나는 참으로 어렵게 시작했다.

그 무렵 1986년 아시안게임을 앞두고 환경오염에 대한 정부의 시책이 강력하게 대두되고, 그동안 뒷전에 밀려 있던 환경문제가 파헤쳐지면서 바쁘게 움직였다. 쉴 틈이 없이 밤을 꼬박 새워가면서도 힘이 드는 것을 잊었다.

사업은 날로 번창해지고 직원들도 늘었다. 아무리 작은 일에도 항상 최선을 다했다. 사업의 기반이 다져지기 시작하면서 내 나름대로 사업확장 계획을 세웠다.

1988년 3월 20일 나는 법인을 설립했다. '주식회사 푸른환경'을 창업하고 대표이사에 취임했다. 환경오염 자가측정대행업을 지정을 받으면서 환경오염방지시설업을 등록하고 새로운 신입사원들을 가족으로 맞아들였다. 지나간 내 젊은 시절의 순간순간들의 기억들 때문에 목이 메었다.

아득한 꿈처럼 감히 상상하지도 않았던 사업체를 내 손으로 만들다니 감격스러웠다. 나는 공개경영을 하기로 결심을 했다. 사원 개개인의 주인의식을 가지게 세심한 배려를 하면서 첫째 인화, 둘째 기술개발, 셋째 성실의 사훈을 정하고 막상 사업은 시작되었지만 모든 환경 여건이 만족될 리는 없었지만 사원 전부가 몸으로 부딪히며 참으로 열심히 해주었다.

매일 손님들과 사업 관계로 바빠지면서 점차 내 영혼이 황폐해지는 것을 인지했다. 아내는 계속해서 회사일을 도와주면서 내게 조심스럽게 채근을 했다. 어차피 환경분야사업을 하면서 그래도 최고의 엔지니어가 되어야 하지 않겠느냐며 대학원 진학을 권유하였다. 나는 망설이지 않았다. 한창 법인을 설립하던 바쁜 와중에 대학원에 입학했으며, 산업공해를 전공과목으로 선택했다. 배움에는 나이가 없다고들 하지만 만학을 한다는

것이 어렵기도 하였지만 무엇보다도, 학업과 사업을 병행한다는 것은 참으로 힘든 일이었다. 그래도 내게 주어진 현실에 충실하고자 노력했다.

차츰 사업도 안정되어 가고 대학으로부터 강의 요청을 받아 환경공학 강의를 맡았으며, 1990년 6월 5일 세계환경의 날에는 그동안 환경보전에 기여한 공로를 인정받아 환경처 장관으로부터 표창패를 수상받았다. 호사다마라고 할까. 검찰의 내사를 받았다. 누군가 투서를 했다. 시기와 질투의 장난이었다. 그러나 정직하고 열심히 살아온 나로서는 거리낌 없었으나 한편으로는 분노를 참을 수가 없었다. 남이 잘되는 것을 보지 못하는 우리 사회의 불신과 시기가 서글펐다. 최선을 다한 내 삶이 부정적으로 나타난 결과였다. 다행이 일주일만에 사건은 무혐의로 끝이 났으나 나는 큰 경험을 하였던 것이다. 그래 어차피 넘어야 할 장애였다. 비 온 뒤 대지는 더욱 굳어진다는 진리처럼 그 사건 이후 나는 매사에 열과 성을 다했다. 돈을 어떻게 버느냐가 가치 있는 일이며 어떻게 쓰느냐가 더욱 중요한 문제라고 생각이 들었다.

사회봉사 활동에 참여했다. 충남대학교 총동창회 이사에 위촉되었고, 제3680지구 대전로타리클럽 회원으로서 진정한 봉사, 가치 있는 봉사 활동에 매진하고 있다.

또한 대학의 겸임교수로서 대전시내 3개 대학 환경공학과에 출강하며 각 대학의 산학협동위원, 민간환경연구소인 배달환경연구소의 이사 등 내가 필요로 하는 곳이면 기꺼이 참여하고 도움을 주고자 오늘도 바삐 움직이고 있다.

사업확장도 시도했다. 전문건설업 면허도 취득했으며 보건사회부로부터 공중위생 검사기관으로 지정을 받았다. 연간 매출액도 꾸준히 신장하고 있다. 묵묵히 사장의 경영방침에 따라주어 회사의 임직원들에게 늘 미안하고 고마운 마음이 앞서지만, 직원들의 복지 문제에도 관심을 가지고 내 가족처럼 최선을 다하는 경영인으로서 사명을 다하리라 다짐한다.

환경보전에는 너와 내가 있을 수 없다. 작은 것도 소중히 여기는 마음, 환경보전의 출발점이다. 나름대로 환경보전을 위해 살아온 10여 년 세월이 내게는 커다란 보람이었다. 한번 파괴된 환경은 원상복구가 어렵고 인류의 미래는 환경보전 없이는 상상할 수 없으며, 나는 환경보전이 우리 모두의 일생의 과업이라고 감히 얘기를 하고 싶다.

아직 나는 뒤돌아볼 때가 아니다. 해야 할 일이 많다. 인간의 삶은 유한

하고 누구에게나 소중한 꿈이 있다. 색깔이 다른 꿈이지만 그 꿈을 실현하기 위해서는 끊임없는 노력과 인내가 필요하다.

내 젊은 시절의 허허로웠던 절망감, 패배감, 끝도 없는 방황의 시간들이 지금은 소중한 추억이다. 가난하다고 해서 절망할 필요는 없다.

나는 내가 태어나고 또 오늘날 내 꿈을 무르익게한 고향을 한시도 잊은 적이 없다. 그리 대단한 사람은 못 되지만 내가 필요로 한다면 나는 앞장서서 뛰어갈 것이다.

까뮈는 '인생은 건설해야 하는 것이 아니라 불태워야 하는 것' 이라고 했다. 그래, 땀흘리며 노력한 자만이 자기 인생을 성공적으로 만들어 갈 것이다.

박사학위를 취득하고

교수님보다는 선생님이라고 불러 주시기를 고집하시는 이길영 지도교수님, 촌음의 인연을 귀하게 여겨 고삐풀린 망아지처럼 살아온 저를 온전한 사람으로 만들기 위해, 때로는 근엄함과 관대함으로 지난 4년간 지도해주심에 감사한 마음으로 머리숙여, 박사학위를 하기 위한 제도권의 선생님이 아니라 제 인생의 선생님으로 존경의 예를 올립니다.

그리고 심사위원장님으로 학문의 열정과 정성으로 가르침을 주신 임봉주 교수님과 격의 없이 지도해 주시고, 토씨 하나까지도 세심한 배려를 아끼지 않으신 박소진 교수님, 박영성 교수님, 박정규 교수님에게도 감사의 말씀을 올립니다.

6학기 동안 가르침을 주신 김선태 교수님, 배병욱 학과장님, 한운우 교수님, 장원 교수님, 생각하면 많은 분들의 격려와 지도가 있었기에 오늘의 기쁨과 영광을 얻을 수 있었습니다.

대전대학교 환경대학원 동문 학형들의 도움, (주)푸른환경의 황병수 사장님과 직원들의 배려, 재해예방실천연합 정명희 공동대표님과 회원님들, (사)대전방재연구소 이종만 이사장님과 이사님들, 대전로타리클럽 회원님들 모두를 사랑합니다.
감사드립니다.

우리 가족들에게도 용서의 말씀을 구해야겠습니다.

사업을 한답시고, 환경운동과 시민운동을 한다면서 가족에 대한 소홀함으로 저는 참으로 이욕의 세월을 살아온 것 같습니다.

7년 전 어머님을 먼저 떠나 보내신 아버님을 뵐 때마다 어머님의 사랑이 더욱 그리워집니다. 아버님, 어머님, 당신들의 지극한 사랑이 있었기에 큰 기쁨으로 다가선 오늘에야 감사하다는 말씀을 올리는 가슴, 미어지는 불효를 용서해 주십시오.

언제나 큰 힘이 되었던 우리 육 남매의 우애도 자랑스럽습니다.

참으로 착하고 아름답던 누이동생아, 밤마다 네가 걸어다니는 꿈을 꾼단다. 너를 보면 눈물이 난다. 아름다운 청춘을 병마의 고통에 힘겨워 하는 너, 그 아픈 세월 이제는 훌훌 털어버리는 소망을 한다.

아내여! 그대 위한 사랑은 이 세상 살아가는 날까지 지천명으로 가슴에 묻어 두리니 그대 행복으로 받아 주소서.

막냇사위를 대견하게 생각해 주시는 장모님과 동서, 처형, 처남들에게
도 기쁜 마음 전해 올립니다.

사랑하는 기림奇林아, 기숙奇淑아 세상의 올바른 자리에 서서 사람다운
큰 도리를 행하기를 바라며, 이 시대의 환경을 생각하는 모든 분들과 저
를 아끼고 사랑하는 소중한 분들에게 분여광分餘光이 되겠습니다.

이제 바람 소리도 즐거이 들으며 겨울 나목처럼 새로운 출발을 위해 준
비해야겠습니다.

그곳에 파랑새가 있다

제4부

매력 있는 사람이 되었으면

　요즘 아빠는 너의 늠름한 모습을 보면 여간 대견스러운 게 아니란다. 착하고, 듬직하고, 건강하며, 예의바른 너를 자랑스럽게 생각한다.

　반듯하게 자라준 아들아,

　너를 사랑하고 아끼는 아빠의 마음을 어떻게 말로 다할 수 있겠냐 만은 너는 우리 가족의 희망이며 귀한 보배란다.

　그런데 아빠는 너에게 한 가지 해주고 싶은 말이 있다. 지난번 해인사에 갔을 때 너는 돈을 많이 벌게 해달라고 부처님에게 소원을 빌었었지. 어쩌면 너희 또래의 아이들에게는 지극히 단순한 소망일지도 모른다.

　부처님 앞에 불전을 놓고 복을 비는 것은 모든 사람들이 행복해지려는 마음일 게다. 허나 돈을 많이 벌고 행복해지기 위해 부처님이나 여타 모든 숭배하는 신에게 간절히 소원을 빈다고 이루어지는 것은 아니란다. 사람이 살아가는 세상에는 돈으로 성취되는 것도 있겠지만 그렇지 않은 경우가 훨씬 많단다. 우리가 원하는 행복이나 사람들의 마음을 얻거나 기쁜 마음, 즐겁고 가족간의 평화와 또는 자연환경 등은 아무리 많은 돈을 가지고 있더라도 살 수 없다. 특히 건강은 더욱 그러하지.

　예로부터 '적선지가 필유여경積善之家 必有餘慶'은 착한 덕德을 많이 쌓으면 반드시 좋은 경사스런 일이 생긴다는 말이다. 착하게 사는 것이 어떻게 사는 것인가는 사람마다 다르겠지만 아빠의 생각으로는 자기에게 주어진 역할과 책임을 다하며 최선을 다하는 것, 그리하여 네가 옳다고 생각하는 것, 정의롭고 우리 모두에게 유익할 수 있다면 그것을 실천하는 일이 아닌가 생각한다. 지금은 공부하는 것이 힘들고, 귀찮고, 짜증스럽기도 하겠지만 너의 미래를 위해서는 참고 견뎌내야 할 것이다. 하버드대학 화장실에는 이런 낙서가 있단다. '지금 잠을 자면 꿈을 꾸지만, 지금 책을 보면 꿈을 이룰 수 있다' 그래 그 누구도 너의 인생을 대신해서 살아줄 수는 없지만, 아빠 엄마는 네가 열심히 할 수 있도록 도와줄게. 힘들

때는 너의 두 손 꼭 잡아주마. 잘할 때는 칭찬해 주고 기쁜 일이 있으면 같이 웃으며 네가 이 세상의 큰 정자나무가 될 수 있도록 지켜 주마.

기림아, 아직 네가 어려서 아빠가 해 주는 얘기들을 이해하기 힘들겠지만, 세상을 살아가는데 있어서 어떤 권력權力이나, 금력金力보다도 더욱 중요한 것은 매력魅力을 가꾸는 일이란다. 사람은 매력이 있어야 한다. 얼굴이 잘생겨도 매력이 있는 일이지만, 어느 한 분야에서 최고가 될 수 있다면 그것은 어떤 것과도 바꿀 수 없는 커다란 매력일 수 있지. 배용준, 박지성, 김제동, 오바마, 아인슈타인, 클린턴, 워런버핏, 임요한, 또 너희 또래들이 좋아하는 젊은 가수, 배우, 18살에 대학 교수가 된 사람들 모두가 너에게는 멘토가 될 수 있다. 꼭 대중적인 인기를 얻는 사람이 되라는 얘기는 아니다. 허나 그렇게 되려고 끊임없는 노력은 해야 할 것이다. 쉽게 포기하는 것은 실패하는 것보다 더욱 나쁜 일이란다.
'옥불마무광玉不磨無光'이란 말처럼 아무리 머리가 좋고 잘생겨도 이렇다 할 노력 없이는 원하는 것을 이룰 수 없다는 옛 말이다.

착한 아들아, 너는 충분히 할 수 있다. 그리고 그렇게 하리라 믿는다. 늘 아빠의 잔소리와 훈계가 심한 것 같아 미안한 마음이지만 너를 사랑하고 아끼는 마음에서 하는 얘기이니 너무 귀찮다고 생각하지는 말거라.

열여섯 번째 생일

비가 온다.
뭇 생명들이 푸른 신록으로 춤을 춘다.
녹우綠雨
생명을 키워 내는 비
너의 열여섯 번째 생일날 내리는 비가
어찌 고맙지 않으랴.

아들아 !
　이미 헌헌장부처럼 커버린 네가 자랑스럽지만 언뜻언뜻 너의 사춘기의
고뇌가 네 얼굴을 붉게 물들이고 때로는 어설프게 어른의 흉내를 내는 너
를 보면서 네 나이 때의 아빠를 반추해 본다.
　유약하고 왜소했던 나는 정신 줄을 놓으신 할머니와 코흘리개 동생들
을 보면서 억장이 무너지는 절망과 함께 공부보다는 한 끼의 배고픔을 어
떻게 해결해야 하나 하고 늘 허기진 배를 채울 걱정으로 하루하루를 살아
가는 가난에 찌들린 소년이었다. 알량한 글 쓰는 재주가 때론 위안도 되

었지만 중학교만 졸업하면 학비를 벌면서 공부할 수 있는 야간 고등학교로 진학하겠다고 수도 없이 결심을 하고 어떻게 하면 돈을 벌 수 있을까 고뇌하던 그때 지금 생각해 보니 열여섯 살 아빠의 꿈이었던 것 같다. 그러나 이 세상 누구도 나를 인정해 주거나 알아주는 사람이 없었다. 가난에 지친 서러움도, 눈물도, 외로움도 오직 나 혼자만의 것이었다. 그렇지만 그 가난이 지금의 나를 성장시킨 원동력이었고 자양분이었으며 스승이 되었고 내 삶의 교훈이 되었단다.

그렇다고 해서 아빠의 삶이 너의 멘토가 될 수는 없다. 너에게 억지로 강요하지도 않는다. 너의 인생은, 너의 꿈은, 너의 희망은 네 스스로 결정하거라.

이제는 네가 진정으로 하고 싶은 것, 네가 해야만 하는 그래서 네가 행복해질 수만 있다면 그렇게 하거라.

기림아! 사랑하는 아들아.

한 번뿐인 너의 삶은 어느 누구보다도 대신할 수 없다. 너는 아빠보다도 많은 장점을 가지고 있다.

첫째 세상 살아가는 데 가장 필요한 덕목인 너의 성품이 온순하고 원만하다는 것, 둘째 음악과 악기 다루는 재능이 뛰어난 것은 큰 축복이다. 셋째는 너의 긍정적인 사고이다. 그래, 너는 분명 이 세상에서 최고는 아니더라도 꼭 필요한(Only You) 사람이 될 것이다. 조금만 더 부지런하거라. 어떤 일에서나 조금만 더 치열하게 노력한다면 너의 꿈을 실현시킬 수 있으며 너의 인생은 행복해질 수 있으리라.

지금은 공부하는 것이 힘들고 짜증도 나겠지만 너의 십 년 뒤 이십 년 후의 너를 꿈꾸며 노력해 준다면 고맙겠다. 사람은 어떠한 노력과 수고 없이는 결실을 맺을 수 없단다. 네가 원하는 일에 있어 서도 아들아 불광

불급不狂不及 했으면 한다.

기림아,

아빠 엄마가 너를 얼마나 사랑하고 자랑스러워하는지 알지?

너는 이 세상에서 가장 소중한 존재이다. 네가 다른 아이들보다 잘나서도 아니며 착해서도 아니란다. 너는 아빠 엄마의 나무에 생명 꽃으로 피어났기 때문이다.

진심으로 너의 생일을 축하하며 아들아 사랑한다. 아빠 엄마도 너를 위해 기도하며 열심히 노력하마.

파랑새를 위하여

6월의 하늘은 변화무쌍하다.

먹구름이 비를 불러 오는가 싶더니 다시 쨍쨍한 햇빛이 나고, 찌는 듯한 무더위가 기세등등하다. 개망초꽃들이 일순간에 피어나고 땀을 흘리며 피는 여름꽃 능소화의 황홍색 자태가 의연하다.

일년 중 지구를 가장 푸르게 하는 녹음이 무성한 계절에 너의 생일을 축하한다.

세상의 모든 생명들을 품는 푸른 숲처럼 아름다운 생명의 터전이며, 모든이에게 희망을 주는 사람이기를 소망하여 아빠는 너를 기림奇林이라고 이름하였다.

아빠에겐 네가 이 세상에서 가장 소중하고 자랑스러운 존재다.

나의 전부이다. 지금은 네가 아빠의 기대에 조금은 못미칠지라도 훗날 네가 반드시 자랑스러운 아들이 될 것을 믿는다.

심성이 곱고 천성이 착한 네가, 아빠의 꾸지람에 금세 눈물을 뚝뚝 흘리며 어쩔줄 몰라 하는 네 모습을 보면 아빠의 마음도 짠하다. 아직은 네

생각을 표현하고 말하는데 조금 서툴기도 하고, 세상을 보는 눈과 마음의 지혜가 부족하겠지만 아들아, 우리의 삶이란 부족함을 채워 가는 일이란 다.

세상에 완벽하고 완전한 것이 어디 있느냐, 지금의 네가 마음먹은 대로, 생각대로 되지 않는다고 해서 혹여 너의 재주와 타고난 능력이 부족하다고 포기해서는 안된다.

꿈과 희망의 끈을 절대 놓치 말거라.

정신일도하사불성精神一到何事不成이라 했느니 끊임없이 노력하면 꿈은 반드시 이루어진다.

꿈과 희망이라고 하는 놈은 무지개와 같다.

아름다운 무지개는 그냥 생기는 게 아니다.

태평양 바다에서 만들어진 수증기가 하늘로 올라가 적당하게 구름이 만들어지고, 수천 km를 날아 드디어 비가 되어 대지의 생명수로 떨어지고 난 뒤에야 우리는 무지개를 만날 수 있다.

그러나 비가 온다고 해서 늘 무지개가 생기는 건 아니다.

우리의 인생도 그러하다. 다시 말해서 열심히 노력한다고 우리의 꿈이, 소망이 꼭 이루어지는 것은 아니란다. 그렇다고 해서 애초부터 노력도 하지 않는다면 우리는 영영 무지개를 볼 수 없단다.

아들아. 자꾸만 너에게 큰 기대를 하며 잔소리를 하는 아빠가 때로는 부담스럽고 힘들겠지만 우리는 가족이 아니냐.

세상에 가족보다 소중한 건 없다.

저 들판에서 자라고 있는 풀과 나무들을 보아라.

추위와 비바람 무더위에도 한시도 생명의 끈을 놓지 않고, 봄이면 새싹을 틔워 꽃을 피우고 여름 내내 무성하게 자라 가을이면 열매를 맺는다.

자연은 때를 늦추는 법이 없단다. 우리 인간의 삶도 그러하다.

모든 일에는 때를 놓치면 우리가 원하는 것을 얻을 수 없다.

때로는 너의 노력이 부족한 것같아 아빠의 마음이 답답하기도 하지만 아직 늦지 않았다.

기림아, 아빠의 경험으로는 앞으로 1년 2년이 너에겐 굉장히 중요하다.

조금만 우리 서로 노력하자.

너를 위해서라면 아빠 엄마는 두려운 게 없다.

너는 분명 자랑스러운 아들이 되리라 믿는다.

다시 한 번 너의 생일을 축하하며 사랑한다.

고2를 맞는 아들에게

기림아, 봄 방학인데도 여전히 바쁘구나.

아침마다 입학식 연주회 연습 때문에 일찍 집을 나서는 너를 보면서 대견하기도 하지만 한편으로는 안쓰럽기도 하다. 한 번쯤 계족산을 오르면서 너와 살가운 대화라도 하고 싶었지만 시간을 갖지 못했구나.

혼자서 산을 오르면서도 온통 네 생각을 한다. 날씨가 많이 풀려 봄이 온 것 같다만 그래도 꽃샘추위는 아직 남아 있구나.

이제 다음 주가 되면 너는 고2가 된다.

새로 시작한다는 건 분명 설레임이다. 꿈을 꾸는 일이다. 희망이다.

그러나 어쩌면 아빠의 지나친 기대와 관심이 오히려 너를 더욱 힘들게 하는 건 아닌지 조심스럽기도 하지만, 네가 건강하고 올곧게 자라기를 바라는 아빠의 마음이라는 걸 이해해 준다면 좋겠다.

혹여, 너의 미래에 대한 두려움과 공부에 대한 압박감 때문에 네 인생에서 가장 아름다운 열여덟 청춘이 불안해 할 필요는 없다.

네가 해야 할 일들이 무엇인가를 직시하고 있다면 까짓 조금 늘어진다

고 대수겠니. 아빠는 너를 믿는다.

늘 너에게 자상하고 부드러운 아빠가 되지 못함을 항상 미안하게 생각한다.

아들아, 고민 없는 청춘이 어디 있느냐. 고민이 없으면 어디 청춘이라 할 수 있으랴. 고민해야 한다. 그래야 청춘이라 할 수 있다.

아빠도 네 나이일 때 팔순이 되신 할머니의 병환과 어린 동생들의 핏기 없는 초라한 모습, 그리고 엄마의 행상과 아버지의 한숨에 끝날 줄 모르는 가난이 죽도록 싫었다. 그래서 방황과 혼돈 속에 이 세상의 고민을 혼자 다 짊어진 것처럼 절망으로 고독했다.

나의 고민의 정답은 돈을 버는 것이었다.

숙명처럼 지긋지긋한 가난에서 벗어나 번듯하게 집안을 일으켜 세우고 싶었다. 그래서 나는 무슨 일이든 최선을 다해서 살아왔다. 참으로 열심히 살아왔다. 나중에 결혼하면 우리 아들딸만은 남부럽지 않게 부족한 것 없이 키우고 싶었다.

지금 와 생각해보니 가난은 내 삶을 지탱해준 반면교사가 되었다.

그러나 나의 삶이 너에게도 정답이 되는 건 아니다. 아빠처럼 꼭 그렇게 살아 가라는 것은 절대 아니다. 단지 아빠가 살아온 길이 너의 미래를 결정함에 있어 조금이라도 도움이 되었으면 하는 마음이다.

중요한 것은 아빠가 살아왔던 시대는 이미 반세기 전이다. 시대의 가치와 인간의 행복을 추구하는 삶의 본질은 많이 변화되었다.

너는 네 인생을 스스로 설계하고 건축해야 한다.

조금도 두려워 하지 말고 당당하거라.

자연에서 살아가는 꽃과 나무, 풀 그리고 새와 모든 동물들은 온갖 추위와 무더위, 가뭄이 닥쳐도 스스로 생존하는 법을 잘 알고 있다.

겨울이 되면 낙엽을 떨어뜨리는 나무들, 뿌리만 남겨 놓고 죽어버리는 식물들, 그래야 봄이 되면 새로운 생명으로 싹을 띄우는 지혜를 우리는 간과해서는 안된다.

잡초의 생명력은 뿌리에 80%가 있다. 뿌리가 건강하다면 다시 말해 기초가 튼튼하면 두려울 것이 없다.

온실 속에서 자라는 화초는 바람에 비닐 지붕이 날아가면 조그만 추위와 더위에도 살아남을 수 없다. 모든 일에는 때가 있는 법이다. 조바심 내지 말고 열등감에 빠져 상처 받지 말거라.

게으름을 피우거나 절대 후회하는 일은 해서 안 되느니 어떤 경우에도 최선을 다하거라. 어떤 어려움이 있더라도 힘을 내고 멈추지 마라. 힘든다고 멈추어 버린다면 영영 그 터널에서 빠져 나올 수 없다.

우리 인생에 불가능은 없다. 단지 노력이 부족할 뿐 꿈은 우리를 절대 배신하지 않는다.

이제 작심삼일이 되더라도 다시 마음을 가다듬자. 작심삼일을 일 년에 100번을 한다면 삼백 일은 목표를 성취할 수 있다.

그리고 하나하나 다시 시작하자. 계획이 없고 꿈이 없으면 아무것도 이룰 수 없다. 아빠는 너의 열정을 믿는다.

기림아, 너의 꿈과 능력과의 괴리, 공부를 잘해야만 한다는 부담감, 네가 하고 싶어 하는 음악에 대한 아빠의 반대, 여학생들과의 이성교제에 대한 소소한 너의 생각들을 아빠에게도 말해 주면 안되겠니.

지금껏 아빠 혼자만의 잔소리와 일방통행의 훈계가 아니라 이제는 너의 생각들을 진지하게 경청하는 기회로 너에게 다가가고 싶다.

아들아, 사랑한다.

너의 첫 외박

일요일 아침, 여느 때와 마찬가지로 네가 늦잠을 자고 있으려니 생각하고 있었다. 아침밥을 준비하던 네 어미가 기림이는 친구집에서 자고 들어온다고 어젯밤에 전화가 왔다는 것이다. 조심스레 얘기를 꺼낼 때만 하더라도 그럴 수도 있으려니 하면서 대수롭지 않게 받아넘겼다. 그러나 오전이 다 지나도 오지 않는 네가 걱정이 되어 애궂은 네 어미에게 전화를 재촉하였지만 전화를 받지 않는 다기에 혹시 무슨 일이 생기지는 않았는지 불안한 마음이 들었단다.

준혁이가 다녀가고 네 어미는 내 눈치를 보느라고 안절부절못하는 모습이 안쓰러워 그냥 쿨한 척했지만 기림아, 너의 첫 외박은 당당하지 못하였다.

토요일 네가 집을 나설 때 일찍 들어 오라는 아빠의 말에 그러하겠노라고 한 약속을 지키지 않았기 때문이다.

일부러 아빠를 무시할 생각은 아니었겠지만 왜 너는 아직도 아빠를 어려워 하는지, 아니면 혹여 네 친구들과 하룻밤의 소중한 추억으로 일탈을 꿈꾸었는지 알 수는 없지만 말이다. 그동안 너에게 엄격하고 수직적인 부자지간의 관계에서 느껴지는 이질적이고 말이 통하지 않는다는 아빠에 대한 너의 고정관념들이 지금에 와서는 왠지 너에게 주춧돌이 되지 못하고 걸림돌이 되는 것같아 마음 한구석이 허전하기만 하구나.

그래 아빠는 너의 어제 일을 충분히 이해한다.

남자라면 더구나 청춘의 피가 끓는 네 나이일 때는 그런 경험 한 번쯤 없는 젊음은 청춘이 아니라고 아빠도 말할 수 있다.

아빠도 너처럼 할아버지 할머니의 속을 썩힌 기억이 난다.

그때는 이 세상에 나만 혼자 버려진 보잘것없는 존재라고 자학하면서도 키에르케고르의 고독한 철학과 문학청년을 꿈꾸었지만 내 젊은 날의 방황은 늘 외롭기만 했다. 눈물을 꿀꺽꿀꺽 삼키면서 절망했다.

아무것도 가질 수 없었고 그 누구도 나에게는 관심을 주는 사람은 없었다.

바람 부는 벌판에 그저 이름 없는 들풀이었다.

참 많이도 흔들리면서 때로는 꺾이면서 스스로 상처를 감추었다.

아버지 어머니도 나를 바로 일으켜 주지는 못하였지만 내 젊은 날들은 용감했다. 그래서 나는 내 청춘이 아름다웠다고 생각했다.

그러나 그 아름답다고 자부하던 용기도 지나고 보니 내 젊음의 만용이라는 것을 알았다. 아들은 아빠의 DNA를 닮는다고 사람들은 생물학적인 말들을 한다.

그러고 보니 아빠도 할아버지의 일거수일투족을 닮아 가는 것 같다.

말을 하거나, 밥이나 술을 먹을 때도 은연중 할아버지의 모습을 내게서 본다. 그럼에도 불구하고 너만은 나의 젊은 날을 답습하지 않았으면 하는 것은 지나온 날들에 대한 후회가 앞서기 때문이다.

지금 내가 너를 걱정하면서 조바심을 내는 것도 시간이 지나 먼 훗날 네가 어른이 되었을 때 그때는 너도 이 아빠의 마음을 헤아리겠지만 사랑하는 아들아, 혹여 친구들과 어울리다 젊은 기분에 실수를 하거나 잘못되지는 않을까 하는 마음이라는 걸 알아주기 바라며 너의 외박이 꼭 잘못되었다는 것을 질책하거나 꾸지람하는 것은 아니다.

그러나 네가 외박한 것을 아무런 일도 없었던 것처럼 모른 척하고 넘어가는 것이 결코 너를 위하는 일은 아닐게다. 사실 하루만에 꺼칠한 모습으로 집에 들어온 네가 미안해 할까 봐 혼자 계족산에 올랐지만 온통 네 생각으로 착잡했단다.

대체 이놈은 아빠에게 미안한 마음이 조금이라도 있는 걸까.

아무 말도 없이 샤워하러 들어 가는 네가 괘씸하기도 했지만, 말은 하지 않아도 고개를 들지 못하는 너를 보면서 잠시 연민의 정을 느낀 건 그래도 내 아들이기 때문이었다. 그래 아빠가 너를 혼내면서 일방적으로 큰소리치지 않겠다고 한 약속은 분명 유효하지만 너의 그릇된 일이나 잘못을 보고도 못 본 척 하는 것은 부모로서 책무를 포기하는 것은 아닐까.

이왕이면 네가 솔직하게 말을 했더라면 아빠도 쾌히 허락하였을 것이고 너도 기분 좋은 하룻밤이 되었을 텐데 아무튼 이번의 일은 네가 아무 일 없이 돌아와 주어 다행이라 생각한다.

그러나 우리 다시 한번 곰곰이 생각해 보자.

그까짓 한 번의 외박이 뭐 대단한 일이라고 또 아빠는 괜한 걱정을 하느냐고 귀찮게 생각할는지는 몰라도 한 번이 두 번이 되고 두 번이 세 번 되면서 너의 외박이나 일탈들이 아무런 생각없이 또다시 반복된다면 아빠는 그때 어떻게 해야 하는지 네가 대답해 주었으면 한다.

기림아, 옛 어른들은 잠은 꼭 집에 와서 자라고 했다.

아빠도 어떤 일을 핑계로 자주 외박을 한다면 네 엄마와 너 그리고 우리집은 어떻게 되겠니. 늘 말없이 기다려 주며 너를 끔찍이도 아끼는 네 어미의 사랑을 생각하면 너도 눈시울이 뜨거워질 게다. 너는 네 어미 인생의 전부이다. 네 어미에게 너는 오직 하나뿐인 부처님이다.

이제 우리 아들이 또 그런 일로 아빠 엄마의 마음을 상하게 하는 일은 하지 않으리라 믿는다.

기림아, 앞으로는 우리 조그만 약속이라도 꼭 지키는 사람이 되자.

작은 약속도 지키지 못하는 사람은 큰 일을 할 수 없으며 성공하지 못한다. 지금 고2인 너에게는 촌음의 시간도 허투로 생각해서는 안되는 시기이다.

그렇다고 해서 공부만 하라는 건 아니지만 너의 생각들이 건강해지고 지혜로워졌으면 한다.

다시 꿈을 꾸자. 다시 시작하자. just do it!

섣달 그믐날 밤

아들아 설마 네 돈을 따려고 판을 벌렸겠느냐

할아버지 돌아가신 후
너희들 귀찮을까 봐
섣달 그믐날 밤 묵은세배 받는 것도 사양했지만
설 제수상 준비에 지친 네 어미와 누나에게 미안하기도 하고
세상의 끝점에 서 있는 것 같은 숨막히는 침묵이 싫어
스마트폰 하나로도 심심치 않을 너에게
생뚱맞게 애비의 성화에 마지못해 윷가락을 나누었지만
하긴 나무 막대기 던지는 일이 무슨 재미가 있었겠느냐

그러나 아무리 우리끼리 하는 심심풀이라고는 하지만
한두 판 지고 난 네가 은근히 열받아
사나이는 배짱이라며 두 동문이 석동산이 잘도 가더니만
한순간 횡사한건 순전히 너의 객기 때문이었다

윷놀이는 '모' 아니면 '도' 라고 하지만
윷을 잘 노는 것보다 말판을 잘 써야 하느니
앞서 간다고 막동이라고 금방 이길 것 같더라도 마음놓아서는 안된다
때로는 뒷걸음치는 낭패도 당할 수 있으니 잘난 척 으시대지도 말아라
상대를 약올리지 말 것이며 무시하지 마라
협공을 당하면 언제든 내 말도 죽을는지 알 수 없는 노릇
윷을 노는 것은 인생을 살아가는 일과도 같은 것이란다

세상 벼슬길로 나가 지뢰 위를 걷듯 조심조심해야 한다
세상은 젊은 용기만으로 살아가는 것은 아니다
어느 때고 경쟁에서 이겨야 행복해지는
우리의 삶은 순간순간 얼마나 처절한 것이냐

아들아 세상은 절대 대충대충 되는 것이 없다
덤벙대지 말고 졌다고 실패했다고 쉽게 포기하지 마라
하루아침에 지혜와 전략을 다 가질 수는 없지만
이기고 싶거든 기다리는 법을 배우거라

한 번뿐인 네 인생의 위대한 주인은 바로 너다
무엇보다 자신을 먼저 경계하라
꿈을 꾸지 않는 사람은 꿈을 이룰 수 없다

섣달 그믐날 밤 윷놀이가
열일곱 너에게 삼국지로 씌여진다.

오십의 마지막 생일

쉰아홉 개의 촛불이 타고 있다
섣달 스무여드레 늘 설운 나이라고 했다

어머니는 돌아가실 때까지 나를 큰애라고 부르셨다
생일날이면 큰애야 많이 먹으라
하얀 이밥 고봉으로 담아 주시며
가난한 것은 죄가 아니지만 가난하게 살아가는 것은 죄가 되느니라

꼭 성공하거라
가난은 어머니의 눈물이었다
잘 사는 것이 평생 소원이셨다

나는 아직 미완의 약속들로
흔들리는 저 쉰아홉 개의 촛불을 꺼야 할 꺼나
나의 청춘도 미망의 삶이려니

어느 바닷가 포구에 닻을 내려
내 아버지처럼 백발의 이순 닮으려나

오늘은 아내와 아들딸이 나보다도 나를 사랑하고
저 세상 아버지 어머니도 오시고
쉰아홉 촛불 그래 참 열심히 살았구나

섣달 스무여드레 참 매섭고 추운 날이다.

언제나 내 생일은 겨울의 한가운데 있지만 너의 증조 할아버지 생신은 나보다 하루가 빠르셨다.

내가 태어날 때부터 할아버지는 병상에 누워 말씀 한마디 할 수 없는 어른이셨다. 왜 갑자기 내 생일날이 되면 할아버지가 생각나는지 13년을 그렇게 꼼짝달싹 못하시던 할아버지의 병간호에 식구들은 지쳐갔지만 아버님은 효자상을 받으셨다.

인명은 재천이라 했지만 효자 아들을 만드신 할아버지는 행복하셨을까. 우리 인간의 한평생이 어찌 마음먹은 대로 될까만 아버지 어머니가 할아버지에게 쏟은 효성은 내가 평생 간직해 온 교훈으로 남아 있다.

어릴 적 일찍 찾아온 가난은 나에게 경제적 자립심을 키워 주었고, 어떤 어려움과 시련이 닥치더라도 어떻게든 헤쳐나가는 지혜를 가르쳐 주었다. 나는 경주마처럼 앞만 보고 살아왔지만 돌아보면 굽이굽이 눈물이 난다. 나는 아직도 누구에게 생일 축하를 받는 일이 쑥스럽고 생소하게만 생각된다. 그냥 미역국 한 그릇이면 배가 부르고 마음이 편하다.

오늘 아침 우리 아들이 건네준 선물과 축하 메시지를 보고는 눈물이 핑 돌았다. 고맙다, 며칠 전부터 아빠의 생일 선물을 고르기 위해 고민했을 너를 생각하면 한편으로는 대견하기도 하고 뿌듯하다. 너의 마음을 담은 손수건이 참 예쁘기도 하고 마음에 들었다.

손수건이 담고 있는 의미는 여러 가지가 있겠지만 우리 가족을 위해 더 노력하고 땀을 흘리라는 소중한 뜻으로 너의 마음을 간직하련다.

계족산을 오르다

　입춘을 하루 앞둔 2월 3일 아침 계족산을 오르다 아직 날지도 못하는 새끼 곤줄박이가 바람에 날리듯 종종걸음을 하는 것을 보고 아직도 곤히 새벽잠을 자고 있을 네가 불현듯 생각났다. 나는 그 어린 새를 조심스레 잡았다. 추워서 한잠도 눈 붙이지 못한 그 어린 놈은 바들바들 떨고 있었지만 내 손끝에 전해지는 온기에 눈물이 핑 돌았다.

　기림아, 이 겨울이 춥고 견디기 힘든다 해도 봄은 곧 우리 곁으로 찾아올 게다. 우리가 살아가는 이 세상은 넘어야 할 산도 많고 헤쳐 나가야 할 파도들도 끊임없이 달려 온다. 흔들리지 않고, 실패하지 않는 인생은 향기가 없다. 너의 아픈 청춘을 지혜롭게 극복하리라 애비는 믿는다.

　힘들고 외로울 때는 언제든 말하거라. 너를 위하는 일이라면 기쁜 마음으로 애비는 행복할 테니까.

너의 상서(祥瑞)러운 앞날을 기원하며

헤어짐이란 마음 아픈 일이다.

오랫동안 너와의 이별을 준비했지만 눈이 시린 겨울 하늘 쓸쓸한 마음이 하얘지는 구나. 그런데 스물다섯 해나 지난 세월이 불현듯 어제 일처럼 다가온다. 내 살아오면서 그렇게도 서럽도록 울어 본 적이 언제 또 있었던가.

두 돌이 갓 지난 젖먹이 너를 할머니에게 떼어놓고 뒤돌아서던 1984년 여름밤, 너는 내 품을 떠나지 않으려고 울고 나는 그러는 너를 안고 울었다. 그렇게 울다가 울다가 네 지친 울음소리 잦아드는 새벽녘에야 이 아비는 도망치듯 너를 떠나 왔단다. 그렇게 너와의 첫 번째 이별은 억장이 무너지는 아픔이었다. 내 젊음의 탄식뿐이었다. 그러면서도 한 번이라도 네 어미의 사랑을 얘기해준 적이 없어 평생을 지울 수 없는 화인처럼 나는 나의 죄를 아직도 고스란히 내 가슴에 새겨 두었다. 그래, 혼자서 삭힌 너의 지독한 외로움을, 한시도 끈을 놓지 않았던 너의 그리움이 무엇이라는 것을 말을 하지 않더라도 너에게는 모진 세월이었으리라.

억겁 세월이 흐른다 해도 너 여린 가슴속에 묻어 용서할 수 없는 아비의 잘못을 너의 운명을……

이제 바람이 소리를 만나는 일처럼 산사 풍경소리로 너에게 용서를 구하며 너 떠나고 나면 네가 보고 싶어질 때 네 생각이 날 때마다 그래도 기억의 편린 속에 너를 가두어 놓고 싶어 이별의 목록을 만들었다. 억수같이 쏟아지는 비를 맞으며 칠갑산 정상에서 너와의 작별여행은 시작되었지. 거짓말 같은 장곡사 햇살 한 줌에 감사했지만 대천 해수욕장 저녁 바다는 사납게 몰아치는 태풍에 갈매기도 제 몸을 못 가누고 검푸른 파도만이 가슴을 때렸다.

사랑하는 나의 딸아.
까치는 바람이 몹시 부는 날 집을 짓는다고 한다. 그래야 어지간한 바람에도 끄떡하지 않는 튼튼한 보금자리를 만들 수 있기 때문이란다. 산다는 것은 우리의 모든 경험이라는 사실을 깨우치려 할 때 빛을 발하는 것이 지혜이다. 헤어짐이라고 해서 모두 슬픈 것만은 아니지 더 큰 행복을 찾으러 너를 잠시 이별하는 것뿐인데, 농부가 추수한 콩이 가마니에 담기면 콩나물이 되지만 멀리 뛰쳐나간 놈은 이듬해 새로운 생명으로 다시 태어난다.
희망이란 그런 것이다. 너는 이제 거친 광야로 떠난다. 지금껏 한 번도 가본 일이 없는 항로조차 알 수 없는 길이지만 네가 가고자 하는 길은 네가 떠나는 곳에는 네가 찾고자 하는 파랑새가 분명 있으리라고 믿는다.

기숙아.
입학허가서를 받고 비자를 받고 항공권을 예약하며 너를 떠나보내야 하는 사실들이 하나하나 현실로 다가왔을 때 나의 마음은 가을 추수로 끝낸 빈 들판에 허허롭게 서 있구나. 담배를 피워 물어보지만 시간이 지난다고 계절이 바뀐다고 네가 떠나 빈자리 메꾸어 질까. 적요와 같은 시간이 자꾸만 내 마음을 아프게만 하는데 갈매기 한 마리 날지 않는 해운대 겨울 바다 질곡 같은 파도에도 온통 네 생각뿐이었다.

지금 와서 생각해보니 사랑이라는 이름으로 너의 투정을 한 번도 받아준 적이 없구나. 다정한 눈길 한 번도 살가운 말 한마디도 전해주지 못하고 언제나 내 방식대로 살아온 내가 너에게 상처만 줄 것 같은 스물일곱 해 저 백사장 모래알처럼 수도 없이 회한으로 다가서는데 아비라는 이름으로만 살아온 날들이 미안하구나. 정말이지 부끄럽기만 하다. 참담한 심정으로 통도사 대웅전에서 부처님에게 두 손 모아 기원한 뜻은 너를 건강하게 지켜달라는 발원이었다. 결혼할 늦은 나이에 내 품을 떠나는 저 딸아이의 앞날이 그리하여 얻고자 하는 너의 모든 것들이 꼭 이루어지게 해달라고 간절하게 두 손 모았다. 나의 소망에 경이롭게도 무지개가 떴다. 그래, 가을 단풍 사이로 떠오른 무지개를 보면서 어쩌면 너의 앞날이 저 무지개처럼 아름답고 밝고 상서로울 것이라는 예감에 감사했다, 고마워했다.

이제 고향 이야기를 해야겠구나.

할아버지, 할머니와 함께한 너의 어린 시절들이 너에게는 많은 추억의 동산이 되었지. 가난이 뭔지도 모를 나이에 할아버지 손잡고 점촌 영강에서 하루종일 억센 풀밭 소들과 보내야 했던 너를 생각하면 지금도 금세 눈시울이 붉어지는구나. 할머니의 사랑은 억척스러웠지만 얼마나 귀하고 사랑스러웠던 손녀딸이었느냐.

이제 다시는 만나지 못할 할아버지, 할머니지만 저세상에서도 너를 꼭 지켜 주실 게다. 언제 다시 찾아뵐지 기약할 수 없는 고향땅 산소 앞에서 너 또한 숙연한 마음이었으리라. 고조부님, 증조부님 산소 길에서 발걸음을 늦추며 너에게 들려준 조상님들의 삶의 행적을 잊지 말거라. 세상에 뿌리 없는 나무는 없단다.

부모가 자식을 사랑하는 일이 천륜이라면 자식이 부모를 섬기고 후손들이 조상을 섬기는 일은 인륜이다. 예禮를 지키는 일이 사람답게 살아가는 근본일진대 그 첫 번째는 건강해야 하고 두 번째는 부모에게 즐거움을 드리는 일이다. 세 번째는 올바르게 살아가는 일이다.

그리하여 사람이 살아가는 세상에서 큰 도리를 행하는 일이다. 너는 나에게 이 세상에서 하나뿐인 귀하고 아름다운 꽃이란다.

기숙아.

이제 네가 떠나야 할 날이 나흘밖에 남지 않았다. 마음이 아린 것이 어찌 나뿐이겠느냐. 네 어미 마음은 나보다 더욱 아플 테고, 기림이는 이제 너의 빈자리를 얼마나 그리워할까. 친구처럼 때로는 엄마처럼 온통 너의 사랑을 다 준 너도 기림이도 마음이 아플 게다. 그러나 잠시 동안의 이별 앞에 우리 그깟 눈물은 보이지 말자꾸나.

인생은 건설하는 것이 아니라 파괴하는 것이라 했다. 지금까지의 너를 버리고 새롭게 태어나거라. 행복이란 누리는 게 아니가 가꾸어 나가야 하는 것, 당당하게 너의 꿈을 이루길 바란다. 너의 젊음이, 너의 열정들이, 너의 노력이 우리 다시 만날 때에는 분명 우뚝 선 정자나무로 너는 서 있을 것이라 믿는다. 금방 눈이라도 올 것 같은 겨울 하늘 바람이 찹다. 부디 건강했으면 한다.

사랑하는 딸에게

기숙아, 너의 이메일 잘 보았다.

계족산에는 물봉선, 고마리, 여뀌, 구절초가 한창이다.

가을에 피는 꽃은 너를 닮아 산에 오를 때마다 네 생각이 난다. 다정스럽기도 하지만 왠지 애잔한 그 꽃들을 보면서 잠시 눈시울이 붉어지기도 한다.

그곳에서 잘 지내고 있는지, 외롭지는 않은지 빨리 내 곁으로 와서 결혼이라도 했으면 하는 간절한 마음에 너에게 역정을 내고 또 너를 아프게 했구나. 미안하다. 미안하다.

그래도 아빠에게 이 세상에서 가장 소중한 딸인데 이제 나도 나이가 먹은 모양이다. 때때로 너를 생각하면 안쓰럽기도 하고 자꾸 눈물이 난다. 세상사 모두 마음먹은 대로 되지 않고, 서두른다고 잘 되겠느냐만은 한세상 살아보면 우리의 삶이란 다 때가 있는 법이란다. 너도 서른 살이 넘은 네 나이가 때로는 부담스러울 때도 있겠지만 꼭 네가 하고 싶은 일을 한다고 해서 행복해지는 것은 아니며, 혼자만 행복하다고 훌륭한 인생을 사는 건 아니란다. 이 세상 무대 위에 네가 당당하게 네 인생의 주인공이 되어야 하지만 그래 조금 부족한들 어떻니, 너는 이 세상 하나뿐인 사랑하는 내 딸인데……

기숙아,
아빠는 솔직히 네가 좋은 남자 만나 늘 웃음 잃지 않고 행복한 가정 꾸렸으면 하는 마음이다. 아빠에게는 돈보다도 더 소중한 우리 딸, 아들, 그리고 네 어미가 있지 않느냐. 그래도 네가 굳이 네 미래를 위해서 해야 한다면 아빠는 너의 의견을 따르겠다.

꿈은 절대로 우리를 배신하지 않는다.
우리의 노력이 부족할 뿐이다.

기숙아, 추석이 이틀밖에 남지 않았다. 이국땅에서 부디 몸성히 잘 지내거라.

도라지꽃 바람에 흔들리면
당신 오시는 줄 알겠습니다

장모님 칠월의 산야에 도라지꽃이 피었습니다.

옥색 한복을 입은 당신을 떠올리면 보랏빛 도라지꽃을 무척 많이 닮았다는 생각이 듭니다. 아름다운 저 꽃이 바람에 흔들리면 당신이, 고운 당신이 오신 줄 알고 있겠습니다.

당신의 사십구제를 앞두고 후두둑 성근 비가 제 무게를 이기지 못하고 어느새 새까만 적란운으로 몰려옵니다. 하늘길을 열려나 봅니다.

천지간에 하늘과 땅을 울리는 우렛소리에 바람도 놀라 가슴이 서늘해지는 저 세찬 빗줄기 어찌해야 하나요. 살아생전 조붓조붓 여미신 눈물이 한이 되신건가요. 아니 당신 살아오신 한평생이 저 장대비처럼 한 맺힌 세월이었던가요.

서방처럼 살가웠고 친구처럼 믿고 의지하며 살아온 당신의 핏줄 아들, 딸, 손주, 사위들에게 마지막 하직 인사 한마디 전하지 못한 천추의 한을 오늘은 하늘의 소리로 전하시는 당신에게, 그래요 늘 사는게 바쁘다고 우리는 무심하였네요.

허허롭고 외로웠을 당신을 흑백 사진 속의 무성영화처럼 추억 속에 가두어 놓고 살아왔었네요. 오래된 책갈피 속에 끼워둔 노란 은행잎처럼 당신을 잊고 살아왔었지요. 그런 당신 생각하며 다시는 용서받을 수 없는 죄인으로 회한처럼 밀려오는 죄스러움에 고개를 떨구지만 아! 당신은 우리 곁에 없습니다. 처음 오셨던 길 휘이휘이 당신이 하늘나라 사람이 되고 난 뒤에야 억장이 무너지는 슬픔으로 나는 당신 곁에 머물렀던 짓궂은 바람이었음을 이제야 고백합니다.

그랬어요. 월세방에 신혼살림 꾸렸지만 착한 아내 만나서 행복했습니다. 행복이란 누리는 게 아니라 가꾸는 것이라 생각하며 큰처남에게 같이 잘살아보자고 시작한 것이 끝내 당신 가슴에 대못질을 하였네요.

그러나 장모님, 당신은 아무것도 정말 아무것도 잘못한 것이 없어요.

저와 처남의 이욕이 선과 악의 경계를 넘나들면서 끝내 당신에게 씻을 수 없는 상처를 드리고 말았습니다. 십수 년 세월 큰아들과 막냇사위를 안타깝게 바라보기만 한 당신, 우리 때문에 단란했던 형제 사이가 서먹서먹해지고 말할 수 없이 마음고생이 심했을 당신의 아픈 마음을 외면했던 못난 사위를 이제는 용서하소서.

당신에게 든든한 언덕이 되지 못하였음을 용서하소서.

애지중지 아버지 없이 키워온 막내딸 저에게 주시던 처음 마음으로 부디 용서하소서.

누구의 잘잘못이었던 간에 다시 당신의 아들, 당신의 사위로 돌아갈 것을 약속드리지요. 늘 입버릇처럼 장가 잘 들었다고 자랑하시는 큰동서 말씀 따르면서 우리 오 남매 이제 다시 오순도순 살아가겠습니다. 장모님도 이승에서 고단했던 당신의 영혼을 이제는 선계의 예인으로 곱게 분단장하시고, 생전에 저는 한 번도 뵌 적이 없지만 젊은 시절 당신의 영혼이 얼얼하도록 사랑해 주시던 장인어른 만나시고, 지극정성 부처님께 기도하시던 그 공덕으로 부디 극락왕생하소서.

하여, 천상에서도 당신의 아들딸 지켜주시는 빛나는 별이 되소서.

하현달이 진다고 어느 세월에 당신 향한 그리움 없어지지 않겠지만 바람 불어 보랏빛 도라지꽃이 흔들리면 다시 당신이, 고운 당신이 오신 줄 믿고 있겠습니다.

꿈꾸는 사람만이 꿈을 이룬다

제5부

환경운동가 권득용 시인

문학을 하게 된 동기와 등단시기 작품들은 어떤 것들이 있는지요.

40년도 더 지난 이야기가 되겠지만 중학교 3학년 때 국어 선생님께서 교내백일장에 참가하라고 권유한 것이 처음 글을 쓴 동기가 된 것 같아요. 그 후 학교에서 제법 알려지게 되었고 아마 그 당시에는 펜팔이 한창 유행했던 것 같았어요. 조숙한 친구들은 펜팔을 하거나 연애편지를 주고받았는데 나보고 점심시간이면 빵을 사주거나 우동 한 그릇을 사주면서 연애편지를 써 달라고 부탁을 해왔죠. 그때 도시락도 쌀 형편이 되지 못해서 꿀난 재주 덕분에 우쭐한 사춘기를 보냈지요. 생각해보면 그 나이 때에는 누구나 순정한 첫사랑…… 뭐 그런 거…… 밤을 세워 연애편지를 써 본 경험이 있잖아요. 그 후 자연스레 저의 꿈은 국문학을 하고 싶었지만 지독한 가난 때문에 공학을 전공하게 되었고 그 후 글 쓰는 일은 장롱면허처럼 까마득하게 잊고 있다가 1999년 『오늘의문학』에 시 부문 신인문학상을 받으며 등단하게 되었어요. 「천생天生의 연緣이라 해도」 「가난」 「아우를 보며」 「신사紳士, 그리고」 「백두산 천지」 라는 시였는데요, 그때 당선소감에서 "불혹이라고 얼굴 활활 타오르는 홍조가 없겠는가, 겉이 멀쩡하게 살아온 날들의 반란은 이미 시작되었다"고 말했어요.

대표시 중 가장 아끼는 시를 꼽으라면 어떤 시가 있을 까요.

모든 작품들은 나름대로 태생적 의미를 지니고 있지만 등단시 중 「가난」이라는 시를 좋아합니다. 내 등에서 내려놓을 수 없었던 질곡같은 가난이, 세상이, 아버지가, 고향이, 모두 눈물일 수밖에 없었던 내 젊은 날의 절망과 탄식, 그러나 그 허기진 가난이 오늘의 나를 지탱해 준 삶의 성장동력이 되었지요.

어미의 메마른 젖이었다
아비의 기침 소리였고
석 달을 자란 수염이었다
열아홉 나이에 집을 나간
아우의 얼굴이었다
— 「가난」 전문

나의 뼈는 중금속 덩어리다
나의 혈액은 유해물질 칵테일이다
나의 인육은 이상한 맛일 게다
식인종도 나를 먹지 않는다
나는 판매 금지된 생태계 독성물질이다

세상에 먹을 것이 없어졌다
— 「아무도 나를 먹지 않는다」 전문

밤하늘 별은 금싸라기 야생화야

내 스무 살의 사랑도 그러했겠지만
별도 달도 따다 준다던 순정한 사랑을
우리가 오랫동안 잊고 지낸 건 휘황 찬란한 밤 때문이었을 거야
슬픈 약속이었어
나와 공범이 된 도시는 할로겐 램프와 LED로

하늘을 한숨도 재우지 않고 고문을 시작한 거야

어쩌다 별들은 밤에 보채는 아이처럼 칭얼대다가

제 풀에 잠이 들지만 한 번도 빛나지 못했어

참 어처구니 없는 밤

낮인줄 알고 돌아다니다 항로를 잃은 철새들과

알에서 깨어난 바다거북 새끼들이 육지로 기어오르면

매미들은 왜 그렇게 울어쌓는 거야

이제 어떡할 거야

잠시라도 불을 꺼줘

제발 부탁이야

별을 보게 해줘

나는 밤하늘 별을 따다 줘야 해

—「별을 보게 해줘」 전문

존경하는 문인은 어느 분을 꼽을 수 있을까요.

글쎄요. 자연과 선禪을 소재로 그림을 그리고 또 시를 쓰는 이철수 님과 섬
진강 시인 김용택 님 모두 다 훌륭한 분들이죠.

**환경·공학박사로서 환경운동가로 불리우는데, 환경운동을 시작하게 된
계기는.**

1990년 대학강단에 서면서부터지요. 그 당시 대전대학교 장원 교수, 교차
로 박권현 대표, 배인학원 간호진 이사장, 임상순 변호사 등 몇몇 분이 뜻을
모아 '배달환경연구소'를 만들고 대전에서는 처음으로 지역환경을 살리고 지
키기 위한 활동을 시작하였죠.

문학인으로서 환경시를 쓰는 이유와 중요성은 무엇인지 듣고 싶습니다.

꼭 환경시를 쓰는 것만은 아닙니다. 가족, 사랑, 자연, 직업 등 우리가 살아가는 일상생활은 모든 부분이 시적 소재가 되지요. 시에는 작가 자신의 개성과 철학적 사유가 존재해야 한다고 생각해요. 저는 지난 30여 년 간 환경을 업으로 살아왔어요. (주)푸른환경을 창업하고 대학강단에서 또는 환경운동가로서 열정을 쏟으며 지금도 환경부 홍보교육 강사로서 미련스럽게 환경의 끈을 놓지 않고 있는 것은, 지금까지 나를 밥먹게 해준 환경이 오염되고, 특히 4대강 개발 등 우리의 아름다운 강이 또는 자연이 파괴되는 것을 지켜주지 못하는 자괴감 때문에 이제부터라도 진짜 미안하다고, 잘못했다고, 용서해달라고 고해성사하는 마음으로 환경시를 쓰고 있어요.

문학과 환경운동에 대한 공통점과 다른 점은 무엇이라고 생각하는지요.

분명한 건 문학이든, 환경운동이든 우리 삶의 일부지만 스스로가 선택해야 하는 공통점이 있지요. 우선 열정이 있어야 하고 열정은 곧 에너지이지요. 에너지가 충만해야 좋은 작품을 생산할 수 있지요. 즉 불광불급不狂不及해야 합니다. 그러나 문학에서는 '자신'이라는 명분이 우선될 수 있지만 환경에서는

'우리'라는 대의가 필요합니다. 출발점이 서로 다른 거지요. 그러나 결국은 문학과 환경의 궁극적인 목표는 건강한 세상을 만들고 우리 모두가 행복해지기 위한 삶의 질을 높이는데 있다고 생각해요.

환경관에 대해서 구체적으로 말씀해 주시죠.

늘 환경은 생명의 조형언어라고 강조합니다. 지구온난화 문제는 세계의 금융위기, 유가상승, 식량위키와 마찬가지로 우리에게 직면한 가장 큰 환경문제입니다. 이제 시간이 없어요. 환경문제의 해결은 지식의 차원도 아니고 환경운동가의 몫도 아니지요. 우리 모두가 환경오염은 나와는 무관하다는 생각을 버려야 합니다.

현재 자신의 삶에 있어 문학과 환경의 비중을 둔다면 어느 쪽인지요.

지금도 경실련, 녹색연합, 대전환경운동연합 회원으로 후원자의 역할을 하고 있습니다만 내 젊은 날의 대부분을 할애한 것처럼 환경에 대한 관심과 노력은 계속해 나갈 것입니다. 물론 시 쓰는 작업도 게을리 해서는 안되겠지요.

정부의 4대강 개발 시책에 대해 어떤 의견이신지요.

한마디로 잘못되었다고 한다면 나는 좌파라는 소리를 들을지 모르겠지만, 참 불행한 일이지요. 요즘 녹색성장의 화두가 되고 있지만 녹색이 뭡니까, 친환경이며 자연이지요. 성장은 경제입니다. 그러나 4대강 살리기는 과정과 절차가 모두 생략되었어요. 어느 곳이든 하나의 강을 선택하여 시범적으로 사업을 시행하고, 말 그대로 자연을 살리고 강을 살리고 경제적 가치가 창출된다면 차례로 개발해도 되는 것을 뭐가 그리 급해서 국민들의 여론도 환경전문가나 NGO단체들의 목소리도 듣고 있지 않습니다. 친환경, 생태, 녹색, 홍수예방이라는 명분하에 사실은 짝퉁 명품을 만들고 있죠. 이 정부가 청맹과니가 되어버려 안타까운 일이지요.

환경운동가로서 혹 정치에 뜻은 없는지 궁금합니다.

2006년 열린우리당 후보로 동구청장에 출마했다가 낙선한 뒤 이런 글을 쓴 적이 있어요. '아편 같은 유혹이었다. 인사치레로 그냥 지나가는 말로 한 번 출마해보라는 말에 홀라당 넘어간 건 아니지만 열심히 산다고, 착하게만 살아왔다고, 세상사 뜻대로 되는 게 아니란 걸 진즉에 알아봤어야지. 사주팔 자에 관운이 없으면 논두렁 정기라도 타고 났어야지. 야, 이 쑥맥아.' 많은 상 처와 성찰의 시간을 가졌지만 내 인생에서 소중한 경험을 하였지요.

현재 사회 활동 포함해서 하고 있는 일들을 말씀해 주시죠.

회사에 출근하여 책을 읽고, 글도 쓰고 있습니다. 대전로타리클럽 회원으 로 봉사 활동도 하며, 환경부 홍보교육 강사로 시민단체, 군부대, 초·중·고 등학교에서 환경에 대한 중요성과 지구온난화를 위한 환경보전 특강을 주로 하고 있어요. 그 외 문학 활동과 대전과학고, 충남대학교 장학재단 위원으로 참여하고 있어요.

환경사업의 내용과 (주)푸른환경에 대해서 말씀해 주시죠.

1986년부터 환경사업을 시작했으니까 벌써 25년이 되었네요. 우리 회사에서 하는 일은 환경오염방지시설 설계시공업, 국소배기장치, 자가측정대행, 환경관리대행, 환경관련 인허가대행, 환경성 검토 등 공장 설립에 대한 환경 컨설팅을 주로 하고 있습니다. 논산시 내동과 대전시 가양동에 본사가 있으며 35명의 직원들이 푸른생명이 넘치는 세상을 만들어 가기 위해 열심히 노력하고 있지요.

가족관계는 어떻게 되는지 소개해 주시죠.

아내와 1남 1녀가 있습니다. 아내 정영미는 동구푸른꿈어머니봉사단 단장과 대전검찰시민위원회 위원으로 활동하고 있고 또한 문인화 작가이기도 하지요.

문학인으로서 앞으로의 특별한 계획이나 바람이 있다면 말씀해 주시죠.

좋은 글을 쓰는 게 문학을 하는 모든 사람들의 소망이 아닐까 합니다. 모든 분들게 청안靑安함을 줄 수 있다면 좋겠습니다. 가을쯤에는 환경을 주제로 한 시집을 출간하고자 지금 작품을 준비하고 있어요.

그간 수상실적과 출간저서, 문학 활동 등을 소개해 주시죠.

대전문인협회 이사, (사)문학사랑 이사, 동구문학회, 시화서백, 지천명 회원으로 활동하고 한밭문화제, 선비축제, 대전사랑축제 등 대전의 문학 축제에 여러 작품을 발표해 왔어요. 그리고 대전 지역의 문단 현실은 아주 열악합니다. 그래서 문학인들을 위한 진로문학상을 제정하는데 일정 부분 기여를 하였지요. 개인적으로는 대전시청에서 두 번의 시화전을 개최하였고 2008년 5월 효孝를 주제로 한 '아버지, 인연의 아픈 그 이름이여'와 2010년 4월 환경을 주제로 한 '지구온난화, 바람나다'를 순회전시하였습니다.

　수상으로는 환경처장관상(1990), 대일비호대상(1996), 환경인물사전등재
(1997), 대전광역시환경상(1998), 효행상(2008), 오늘의문학 신인상(1999), 제
25회 인터넷문학상(2007), 대전예술발전공로상(2008), 제1회 진로문학상
(2008), 자랑스런운 충남대화공인상(2009) 등이며, 저서로는 『환경행정관리실

무』(1997), 시집 『권득용의 러브레터』(2006), 칼럼집 『자연은 때를 늦추는 법이 없다』(2006), 시집 『아버지, 인연의 아픈 그 이름이여』(2008)와 환경관련 기술개발 및 논문으로 30여 편을 발표하였습니다.

효행상을 수상하다

지난 어버이날, 효행상을 받으셨다는 소식을 들었는데요. 먼저 효행상 받으신 것 축하드립니다.

네, 감사합니다.

어떻게 생각하면 효행상을 받는다는 것 더 무거운 책임감을 느낄 수 있는데요.

그래도 효가 실종되었다고 걱정하는 요즘 시대에 효행상은 의미가 크다는 생각이 듭니다. 많이 부끄럽습니다. 예로부터 우리나라는 동방예의지국이라고 해서 충, 효, 예를 중시했지요. 효라고 하는 것은 부모님으로부터 받은 사랑을 되돌려 드리는 게 아닌가 생각합니다.

부모님은 지금 다 계신지요.

어머님은 14년 전에 작고하셨고 선친께서는 1년 전에 돌아가셨습니다.

지난 어버이날은 어떻게 지내셨나요.

전시실에서 내방객들을 맞으며 지냈고, 저녁에는 아이들과 식사를 하였어요. 그때 아들 녀석이 자기도 할아버지, 아빠처럼 꼭 효도를 하겠다는 편지를 전해받았습니다. 문서로 받은 셈이지요.

우리에게 부모님이란 한없이 은혜로운 분들이신데요. 부모님 어떤 분들

이셨습니까.

이 세상 부모님들이 다 그러하듯이 다정다감하신 분들이었죠. 어머님께서는 옛 법도를 철저히 지키시는 분이었고요. 아버님은 꼿꼿한 선비같으신 분이셨어요.

대다수는 어머니를 그리는 시가 더 많고 어머니에 대한 기억이 더 많은데요. 특별히 아버지에 대한 그리움을 풀어내고 계시는 이유라도 있으신지요.

너무 외로우셨지 않았나 합니다. 어머님이 세상을 뜨신 후 13년 간 모시면서 효도를 한다고 했지만, 돌아가신 후 곰곰이 생각해보니 견마지양인 것 같습니다. 고독이란, 산중절간에만 있는 것이 아닌데, 아버님의 마음을 잘 헤아려드리지 못한 것 같아요. 지금도 생각하면 눈물이 납니다.

아버님을 가장 가슴 아프게 한 일은 무엇이라고 생각하시나요.

당신이 늘 자랑스럽게 생각해왔던 아들이었는데, 지나고 보니까 잘해드린 게 아무것도 없는 것 같습니다. 아무래도 지난 2006년 지방자치단체장 선거에서 낙선한 일이 아닌가 합니다.

힘들고 어려울 때마다 아버님은 어떻게 힘을 주셨나요.

괜찮다, 고생했네. 너무 걱정하지 말아라. 하시며 늘 위로해 주시고 격려해 주셨지요.

아버님을 기리는 시집을 출판하시고, 또 시화전을 열고 계시는데 시화전에 대해서 자세히 소개해 주세요.

시집은 6부로 나누어져 있습니다. 작년 5월 폐암말기 선고를 받고 투병하실 때의 그 절망적인 아득한 상황들과 돌아가신 후 아버님의 생존의 모습을 그리워하며 그동안의 불효를 천만 번 용서를 구하는 사부곡, 사랑하는 가족

들과 자연과 환경에 대한 내용들을 주로 담았습니다. 그리고 시화전은 대전 예총 회장을 역임하신 기산 정명희 선생, 하림 박향석, 정황래 교수, 염호택 교수를 비롯한 곽권일, 박진현 화백, 최재경, 송은애 시인, 정춘자, 박순동, 이승하, 김윤식 선생 등 13분의 작품 70여 점을 전시하고 있어요.

시화전은 언제까지 엽니까?

사실 지난 5월 6일이 선친이 돌아가신 지 1주년이 되는 날이었어요. 그 그리운 마음을 시화전에 담았는데요, 5월 12일까지 대전시청 2층 전시실, 5월 20일까지는 지하철 대전 시청역, 6월 2일까지는 대전과학고등학교, 6월 23일까지는 지하철 현충원역에서 전시를 하고 있습니다.

시화전을 다녀가신 분들이 어떤 말들을 남겨 셨는지요.

평소에도 우리들은 부모님 애기만 나오면 눈시울이 뜨거워지는 법이지요. 부모님에 대한 불효와 그리움에 공감하시며 숙연해지는 것 같습니다.

언제 시인으로 등단하셨나요?

1999년 『오늘의문학』 신인작품상으로 데뷔했어요.

환경운동을 해오시면서 지금은 환경에 관한 일을 하고 계신다고요?

1990년 녹색연합 환경운동 연합집행위원으로 환경운동을 시작하였고요, 지금은 환경오염방지시설, 환경영향평가, 공해측정을 주로 하는 (주)푸른환경을 1988년에 창립하여 현재에 이르고 있습니다.

자녀들에게 아버지로서 스스로 점수를 주신다면 몇 점이나 받으실 것 같은가요?

허허, 글쎄요. 선친께서도 40여 년 전 1966년에 효행상을 수상하셨습니다. 아이들을 사랑하는 마음이야 끝이 없지만 평생 멍에를 지워주는 것 같아 미안한 마음이지요. 아버지라고 하는 존재는 날이 어두워진 후에야 비로소 빛나는 가로등과 같다고 생각합니다.

동구의 현안문제와 정책비전

　지방자치단체들의 재정 위기는 비단 동구만의 문제가 아니다. 동구포럼이 우리가 살고 있는 동구의 발전과 미래, 그리고 지역의 현안 문제를 걱정하고 진단하고 바람직한 정책을 모색하는 토론의 장이라면 오늘 발제자가 이상걸 기획감사실장이 아닌 동구청장께서 직접하시는 것이 모양새가 좋지 않았나 하는 생각이 든다. 물론 구청장께서 많이 바쁘시겠지만 오늘 이 자리만큼은 진솔하게 동구가 처해 있는 어려움을 어떻게 하면 지혜롭게 극복할 수 있을까 하는 고민과 걱정을 구민들과 함께하는 자리가 되어야 그것이 진심으로 구민들을 섬기고 존중하는 행정이 아닌가 한다. 아쉬움이 남는 부분이라고 생각한다.

　1. 재정적자 원인을 정부의 감세정책(종부세 즉, 부자감세)과 부동산 경기침체라고 했는데 물론 타당성 있는 견해이다. 그러나 이는 우리나라 지방자치단체들의 공통적인 원인과 현상이 아닌가. 좀 더 솔직하게 말씀드리면

　첫째, 우리 동구의 현실을 고려하지 않고 대안 없는 성과 위주의 정책을 무리하게 추진한 결과이다. 동구신청사, 동사무소 3개소, 국제화센타건립, 대

전문학관 건립, 중앙시장 복합주차장 건립 등 대형투자사업을 추진한 것이 가장 큰 원인이 아닌가, 또한 구청의 계획성 없는 행사에 선심성 예산이 크게 늘고 이러한 방만한 재정 운영으로 지방채 발행이 많아지고 원리금 상환 부담이 커진 것이 재정 위기를 가속화시킨 것이 아닌가 생각한다.

둘째, 구의회의 견제, 감시 역할을 소홀히 한 이유이다.

주민들은 자신이 선출한 지방의회 의원보다는 집행권을 가진 단체장과의 직접 대화를 선호하지만, 동구의회는 구정의 감시와 견제 기능을 세대로 수행하지 못해, 우리 동구를 더욱 어렵게 만든 책임에 대해 자유롭지 못하고 일정부분 책임이 있다고 생각한다. 구의회의 존립 이유는 무엇보다도 자치단체장의 독선을 막는 일이 최우선이며, 의원들의 신분상승이 아니라 구정을 견제, 감시해야 함에도 불구하고 구청장도 의회의원도 구민들의 삶의 질 향상과 경제, 복지, 문화보다는 자신들의 능력과 리더십, 경영 및 행정 능력, 또 어떤 책임과 의무, 역할을 다할 것인가 보다는 오직 정치가적 역할에만 몰두해오지 않았나 한다. 이러한 것들이 지금의 동구를 더욱 더 어렵게 만든 직접적인 원인이 아닌가.

2. 지방채 발행(90억)이후 부족분 153억 원의 해결 방안은 무엇인가.

18일 대전시의회에서는 조정교부금을 현행 68%에서 56%로 12% 인하 확정하였는데, 지방세법 개정으로 인한 즉 등록세, 도시계획세가 시 세에서 구 세로 전환하면서 대전지역 자치구에 525억 원의 세액 증가 효과가 있다고 하였는데, 동구의 재정 적자 해소에 얼마만한 도움이 되는가.

3. 식장산, 대청호 연계 관광벨트의 구체적 계획 방안은
접근성이 좋아야 한다.
모노레일 설치(판암 지하철 – 식장산 입구 – 대청호)

4. 재래시장 활성화를 위해 특성화를 시킨다고 하는데 어떻게 할 것인가.
한복, 한약시장, 인쇄 거리는 우리 동구의 자랑이며, 뿌리 깊은 전통의 맥을 함께해 왔다. 그러나 지금은 어떠한가.

5. 일자리 창출
구체적이고 실천 가능한 대안 제시가 필요하다. 우리 동구에는 6개의 대학이 있으며 교육 인프라가 잘되어 있다. 교육도 이제는 단순한 교육기관이 아니라 산업이다. 창업, 연구소, 벤처동아리 등 구청에서 지원을 통하여 대학과 산학연계의 필요성이 절실하다.

6. 복합기능의 장애복지관 건립
장애인이동편의 증진방안, 경로당, 신 계축 및 급식도우미, 대전청소년종합문화센터, 다목적 체육관 현재 동구가 처해 있는 현실을 즉 재정구조, 재원 마련, 주민들의 공감대 형성 이러한 것들을 종합적으로 평가 분석하고 전문

가들이나 대학교수, 또는 사회복지기관들의 의견을 들어야 한다. 지금 동구는 대전문학관이나 국제화센타 등을 건립해놓고서는 운영 관리할 재정이 부족해서 대전시에 관리 요청을 해놓고 있다. 그럼에도 불구하고 여러 시설들을 다시 신축하거나 리모델링하는 것은 우리 동구가 재정 악화로 신청사 건립이 중단된 사례에서 아직도 교훈을 얻지 못하고 있는 것은 아닌가 하고 생각한다. 시기적으로 이러한 사업들의 시행이 적절한가 고민을 해야 한다. 문화, 예술 발전의 1차적인 책임은 지방자치단체와 시민들에게 있지만, 문화라고 하는 것은 우리 사회 전반을 이끌고 발전시키는 구심점이다. 문화, 예술의 활성화는 그 지역의 품격을 가늠하는 척도이며 문화, 예술의 발전은 그 지역의 질적 성장을 견인하는 역할을 한다. 그럼에도 불구하고 우리 동구는 어떠한가, 물론 대학이나 동사무소, 대형마트 등에는 주민들이 학습하고 즐길 수 있는 문화센터가 많이 있지만, 24만 명이 함께 해야 할 동구문화원은 그 옆에 있는 동사무소보다 작다. 대전에 있는 타지역 문화원에 비해 규모면이나 운영에 있어서 차마 부끄럽기 그지 없다.

7. 결론

민선 5기 동구 구정추진 마스타플랜이 계획으로만 머물지 않기를 바란다. 우리 동구가 가장 먼저 해결할 일이 무엇인가. 우선 순위를 정해서 하나하나 해결해 나가길 바란다. 동구청과 의회는 경쟁의 관계가 아닌 구민들의 삶의 질 향상과 환경, 보건, 복지 등을 위해 상호협력하고 소통하는 자세를 견지해야 한다. 동구 구청사 활용 방안에 대해서 좀 더 적극적으로 나서야 한다. 구청장 혼자서 시장과 면담한다고 해서 해결될 일이 아니다. 구청장, 의회의원, 시민단체, 대학, 자영업자를 비롯한 동구 구민들은 모두가 나서야 한다. 여론을 수렴하고, 어려움을 호소하고, 필요성을 홍보하고, 설문조사, 공청회, 포럼 또는 인터넷 등 동원할 수 있는 모든 매체를 활용해서 우리 동구민들의 의지를 보여야 한다. 그렇게 해서라도 안되면 동구민 24만 명이 서명운동을 하는 것도 하나의 대안이 될 수 있다. 아무리 좋은 생각이라도 실천에 옮기지 않으면 무용지물이다. 우리 동구는 지금 실천하는 행동이 절대적으로 필요한 시점이다. 발제해주신 이상걸 기획감사실장께서 많이 수고하셨고, 오늘 이 자리에 함께 해주신 동구 구민 여러분들게 감사드립니다.

향토문화로써 대전 문학의 회고와 전망

1. 서론

　역사 지리적으로 볼 때 대전은 상고시대나 백제시대의 문학과 관련된 문헌은 거의 고증할 길이 없고, 고려 말 이후 이 지방에 세거해 온 씨족들과 가문을 중심으로 문학 활동이 축적되어 왔으며, 비로소 조선시대 들어서면서부터 많은 문인들과 학자들이 배출되어 문화의 기반이 확립되었다. 문학은 인간의 삶의 표현이며 감동이라고 한다. 그렇기 때문에 인간의 삶이 이루어지는 시간과 공간이 문학의 환경이 되며 곧 문학은 문화유산으로서 존재한다. 문화란 자연 상태에서 벗어나 우리 인간의 삶을 풍요롭고 편리하고 아름답게 만들어가고자 하는 사회 구성원에 의해 습득, 공유, 전달이 되는 행동양식 또는 생활양식의 과정 및 그 과정에서 이룩해 낸 언어, 풍습, 도덕, 종교, 학문, 예술 및 각종 제도를 모두 포함하며, 영어권에서는 문화culture란 '경작하다' 라는 의미를 가지고 있다. 다시 말해 우리 인간의 특정 시간대, 특정 집단이 공유하고 있는 가치와 의미 혹은 삶의 방식이라 정의할 수 있다. 본 고考에서는 시, 시조, 소설, 수필, 아동문학, 비평문학을 포함한 대전 문학의 뿌리와 대전 문인협회 창립 전후의 대전 문단의 현황을 중심으로 대전문학사 50년을 조명하기로 한다.

2. 대전 문학의 뿌리

가. 박팽년(1417~1456)

대전이 나은 한글 창제의 대표학자, 사육신으로 1434년(세종 16년) 문과급제, 성삼문 등과 함께 수많은 편찬사업 참가, 시를 비롯하여 경학, 문장, 필법 등 모든 면에서 탁월하였으며, 『추강집』의 「사육신전」이나 쌍청당 현판을 비롯한 기록들이 있다. 대표적인 시조로

> 까마귀 눈비 맞아 희는 듯 검노매라
> 야광 명월이 밤인들 어두우랴
> 님 향한 일편단심이야 고칠 줄이 이시랴

나. 신흠(1566~1628)

대전이 길러낸 조선의 4대 문장가로서 저서인 『상촌집』은 63권 20책이 현전하고 있다. 한시 2036수와 김천택의 『청구영언』에 전하는 시조 30여 수가 있다

> 내 가슴 헤친 피로 님의 양자 그려내어
> 고당 소벽에 걸어두고 보고지고
> 뉘라서 이별을 삼겨 사람 죽게 하는고

다. 송시열(1607~1689)

율곡 이이의 학맥을 계승하여 정통 성리학의 입장에서 조선 중기의 지배적인 철학, 정치, 사회사상을 정립하였으며, 그의 문집 『송자대전』은 조선시대

에 남아 있는 문집 중 가장 방대하다.

님이 혜오시매 나는 전혀 믿었더니
날 사랑하던 정을 뉘손대 옮기신고
처음에 뫼시던 것이면 이대로록 설오랴

라. 김만중(1635~1720)

국문학의 선구자로 우암 송시열의 문하에서 수학하였으며, 역사연구, 유학의 경전에 깊은 조예가 있었다. 김만중은 전문이 한글인 『구운몽』으로 숙종 때 소설 문학의 선구자가 되었다. 또한, 만년의 역작인 『서포만필』 『사씨남정기』 『고시선』이 있고, 유집으로 『둔촌집』 3권이 전해온다.

사친思親
오늘 아침 사친의 시 쓰려 하는데
글씨도 이루기 전에 눈물 먼저 가리우네
몇 번이나 붓을 적시다 도로 던져 버렸나
응당 문집 가운데 이 시는 빠지겠네

마. 김호연재(1681~1722)

허난설헌과 함께 손꼽히는 규방 문학의 대표적인 작가이며, 사대부가 여성의 삶에서 우러나는 절제된 감정과 사유를 꾸밈없는 필치로 형상화한 약 200여 수의 한시를 지어 조선 후기 대표적 여류 문학사의 맥을 이었으며 현재는 대전 대덕의 대표적 여성문화 콘텐츠로 꾸준히 조명되어 온 김호연재의 삶과 문학이 이제는 지역적 경계를 넘어 여성문화의 한 모델로 자리잡았다.

달빛 잠기어 온 산이 고요한데

샘에 비긴 별빛 맑은 밤

안개바람 댓잎에 스치고

비이슬 매화에 엉긴다

삶이란 석 자의 시린 칼인데

마음은 한 점 등불이어라

서러워라 한 해는 또 저물거늘

흰머리에 나이만 더하는구나

3. 대전 문학 50년 연보

대전이 현대적인 도시로 변모하기 시작한 것은 1905년 경부선이 개통된 시점으로 볼 수 있다. 일제 강점기는 우리 문학 환경에 있어서 아주 혹독한 기간이었다. 우리 말과 글의 사용이 자유롭지 못하였고, 우리 문화 말살정책으로 우리 말과 글로 문학을 한다는 것 자체가 큰 시련이었다. 그런 가운데서도 뜻있는 작가들에 의해 우리 대전 문학은 계승되어 왔다.

가. 일제 강점기

애국 계몽운동의 전개와 더불어 역사, 전기 소설의 창작 등을 통하여 주체적인 민족 문학 발전을 위해 노력한 신채호(1880~1936)와 고향을 지키며 문학 활동을 해 온 정훈(1911~1992년)등은 억압된 상황 속에서도 자신들의 문학 세계를 가꾸었다.

나. 광복 이후

해방이 되자 그동안 문학 활동을 한 동호인들이 각종 문학회를 만들고, 활발하게 움직였으며 이러한 열정은 한국전쟁 이후까지 이어져, 장르를 초월합심하여 전국 최초의 종합지 성격의 『향토』 동인지를 발간하기도 했다.

다. 1960년대

대전 충청지역을 아우르는 한국문인협회 충남지부가 결성되었으며, 고등학생 중심의 문학회가 속속 창립되었고, 이 시기는 대전문학사의 토대와 성장의 발아기였다. 권선근 소설가와 이재복 시인의 초대와 2대 지부장을 맡았다.

라. 1970년대

각 장르마다 동인회 창립과 작품수준 또한 높아졌으며 괄목할 만한 성장을 이룩한 시기로 평가된다. 한성기, 박용래, 임강빈, 김대현이 지부장을 맡았다.

마. 1980년대

대전 문단의 양적 풍요와 전문 비평지 중심의 특색 있는 문학회 창립과 전국적인 백일장대회, 문학대상시상, 지역 일간지 신춘문예제도 시행 등 다양한 문학 풍토가 조성되었다. 최원규, 안영진, 한상수, 조남익이 지부장을 맡았다.

바. 1990년대 이후

간행물 발간의 법규와 규정 완화로 등단의 문턱이 낮아지고 문학 인구의 증가는 문화적 현상으로 자리 잡게 되었다. 김용재, 박명용, 최송석, 신협, 리헌석, 이규식, 류인석, 문희봉이 협회를 이끌었으며 문학 활동의 지방화와 풍요기를 맞게 되었다.

4. 대전의 대표 문인

대전을 대표하는 문인으로는 시에 정훈, 박용래, 한성기, 이재복, 박희선, 한덕희, 김관식, 이덕영, 김대현, 홍희표, 박명용(이상작고) 임강빈, 최원규, 조남익, 나태주, 김용재 등이 있으며, 시조로는 유동삼, 김영수, 박헌오, 김동직, 이방남을 꼽을 수 있고, 소설에는 염인수, 권선근, 최상규, 최학, 김수남, 이진우, 연용흠이 있다. 수필로는 원종린, 김영배, 이병남, 강나루가 있으며, 아동문학에는 정만영, 변상호, 김영수, 전병관 비평문학에는 송백헌, 송하섭, 최원규, 신협, 김완하, 리헌석 등을 꼽을 수 있다.

가. '충청시단의 선구자' 정훈丁薰 시인(1911~1992)

정훈은 충청시단의 선구자요, 향토문단을 발전시킨 초석이라 볼 수 있는데, 그는 임영선, 송석홍, 원영한 등과 함께 1946년 대전의 최초의 잡지인 『향토』를 창간하였다. '향토'를 잡지의 제호로 정한 이유는 "내 조국 내 민족의 정서를 나타내기에 가장 적합"하기 때문이라고 전한다. 많은 시인들이 서구적인 것을 동경하던 시절, 순수한 우리 것을 지키기에 전념하여 우리 전통시를 현대적으로 미화시켰다. 『동백』의 창간을 비롯하여 우리 지역을 바탕으로 활동한 호서문학회, 가람문학회의 회장, 충남예술위원회의 위원장 등을 맡아 지역 문단을 이끌었다. 이처럼 정훈 선생은 지역의 문학 발전의 선두에 서서 대전 지역 문학사의 밑거름이 되었으며 대표작으로 「머들령」이 있다.

> 요강원을 지나 머들령 / 옛날 이 길로 / 원님이 나리고 /
> 등짐장사 쉬여넘고 / 도적이 목 직히는 곳 /
> 분홍두루막에 남빛 돌띠 두르고 / 하라버지와 이재를 넘었다 /
> 뻑꾹기 작고 우든 날 / 감장 개명화에 / 발이 부리트고 /
> 파랑 갑사 댕기 /손에 감고 울었드니 / 흘러간 서른해 /
> 유월 하늘에 슬픔이 어린다

나. '눈물의 시인' 박용래朴龍來(1925~1980)

박용래는 대전 지역의 대표적인 향토 시인으로서 '눈물의 시인'이라 불릴

만큼 자연주의적 서정 세계를 개척하여 1950년대 전, 후 허무주의와 감각주의를 극복하는데 큰 영향을 미쳤다. 6.25 전쟁의 소용돌이가 조금씩 가라앉기 시작하던 1956년 박용래는 「가을의 노래」, 「향토길」, 「땅」 등으로 『현대문학』의 추천을 완료하고 문단에 등단했다. 시의 형식 면에서 볼 때 박용래의 시는 시각적, 청각적 비유에 의지해 단조로운 톤을 활용하여 간명하고 섬세한 묘사를 즐겼다. 동양적 여백의 미를 추구하여 짧은 시행, 반복과 병렬구조, 전통적인 민요조 리듬, 명사나 명사형 어미 등을 주로 사용했다. 간결하면서도 응축적인 구어를 사용해 깊은 서정적 여운을 느끼게 하는 것이 박용래 시가 지닌 큰 특징 중 하나이며, 대표작으로 「저녁눈」이 있다.

늦은 저녁때 오는 눈발은 말집 호롱불 밑에 붐비다
늦은 저녁때 오는 눈발은 조랑말 발굽 밑에 붐비다
늦은 저녁때 오는 눈발은 여물 써는 소리에 붐비다
늦은 저녁때 오는 눈발은 변두리 빈터만 다니며 붐비다

다. '둑길의 시인' 한성기韓性祺(1923~1984)

한성기는 자연을 가까이 하며 그것을 주된 관심의 대상으로 삼았다. 그의 작품은 사색적 탐구가 아닌 관조를 통하여 사물의 본질을 성찰하고 재구성하는 경향을 지닌다. 또한 중부지방 특유의 모남이 없이 부드러운 자연의 모습을 닮은 과열하지 않은 인생관이 스며 있어 그의 시는 기교가 없고 담백하다.

한성기 시인은 한국 시사에서도 보기 드물게 '정직하고 소박한' 시인이라 부를 수 있으며, 대표작으로 「역驛」이 있다.

푸른 불 시그널이 꿈처럼 어리는 / 거기 조그마한 역이 있다 /
빈 대합실에는 / 의지할 의자 하나 없고 / 이따금 /
급행열차가 어지럽게 경적을 울리며 / 지나간다 /

눈이 오고 / 비가 오고… / 아득한 선로 위에 / 없는 듯 있는 듯 /
거기 조그마한 역처럼 내가 있다

라. '한국의 50년대 대표작가' 최상규崔翔圭(1934~1994)

최상규는 대전 지역 소설 문학의 대표적인 작가이자 이미 그것을 뛰어 넘
은 작가라 할 수 있다. 그는 1956년 등단한 이래 1994년 작고시까지 작품을
발표하지 않은 해가 없을 만큼 오랜 세월 꾸준히 작품 활동을 해왔다. 최상규
의 작품은 한국전쟁 이후 우리 사회의 극심한 변화 속에서 제기되는 분단문
제와 빈곤문제, 근대화와 민주화운동, 경제 발전과 노사문제 등 다양한 사회
적 이슈와 상관없이 오직 자아의 존재탐구와 사회 속에서의 삶의 의미 추적
에 초점을 맞추고 있다. 대표작으로 「단면」(1956), 「황색의 서장」(1963), 「조
춘」(1966), 「새벽기행」(1999) 외 10여 편이 있다.

마. '의연한 선비 소설가' 권선근權善根(1926~1989)

권선근은 대전 지역 소설 문학의 선구적 인물이다. 그는 이 지방에서 최초
로 문단에 등단한 작가로 대전에서 평생 작품 활동을 전개했다. 1954년 『문
예』 4월호에 「요지경」이라는 작품으로 신인작품 추천을 마친 권선근은 1960
년부터 1971년까지 충남대학교 국문과 교수로 재직하면서 한국문인협회 충
남지부 회장과 한국예술문화단체 총연합회 충남지회 회장을 맡는 등 향토 문
학 발전에 크게 공헌하였다.

「허선생」(1950), 「해빙선」(1955) 외 수필도 10여 편 발표하였다.

5. 대전 문학의 유산 ─ 대표작가의 시비

가. 동구

1) 정훈 시비(머들령-하소동 만인산휴양림 입구)

2) 박팽년 시조비(까마귀 눈비 맞아-용운동 도서관)

3) 박팽년 선생 유허비(가양동 161-1)

4) 대전문학관(용전동 78-38)

5) 정의홍 시비(우리나라-용운동 대전대 인문예술대학)

6) 신정식 시비(강-상소동 시민휴식공원)

7) 우암사적공원(가양동 65)

나. 중구

1) 신채호 생가지 및 동상(어남동 233)

2) 정훈 시인 구가옥(대흥동 50-7)

3) 한용운 시비(꿈이라면-보문산 사정공원)

4) 박용래 시비(저녁눈-보문산 사정공원)

5) 지헌영 학덕 추모비(보문산 사정공원)

6) 김관식 시비(다시 광야에-보문산 사정공원)

7) 박용래 집터, 시비(오류동의 동전-오류동 149-12)

8) 한성기 시비(역-문화동 연정국악문화회관)

다. 서구

1) 권선근 문학비(허선생-둔산동 샘머리공원)

2) 지헌영 시비(아! 대전아-대전시청 광장)

3) 소월시비(산유화-배재대 교정)

4) 홍희표 시비(길-목원대)

라. 유성구

1) 김만중 문학비(사친-전민동 허주촌 선비마을)

마. 대덕구

1) 이덕영 시비(신탄진-대청댐 광장)

2) 김대현 시비(강-대청댐 잔디 광장)

3) 호연재 김씨 시비(야음-송촌동 동춘당공원)

6. 오늘의 대전 문학의 현황

가. 대전 문학 인구

대전에 근거를 두고 활동하고 있는 작가는 2012년 현재 공식적으로 약 600명을 넘는다. (시-360명, 시조-33명, 소설-45명, 평론-43명, 수필-84명, 희곡-7명, 아동문학-31명, 외국문학-14명, 번역-3명)

나. 대전의 문학 단체

대전은 국내에서도 가장 문학 단체가 많은 지역으로 고교생 문학 동아리도 전국 어느 지역에 비춰보아도 손색이 없을 정도로 그 활동이 활발하여 질적 수준 또한 높다. 현재 60여 개에 달하는 다양한 성격의 문학단체들이 대전을 기반으로 활동 중이다.

대표적으로 국제펜한국본부 대전지회, 대전소설가협회, (사)한국작가회의 대전지회, 동시대동인회, 대전시조협회, 한국공무원문학협회, 한밭수필가협회, 한밭소설가협회 등이 있다.

다. 대전 문학의 문화 행사

한밭문화제, 동춘당문화제, 우암문화제, 호연재문화제, 서포문화제, 갑천문화제 등 전통문화 행사와 지역 축제가 활발해짐에 따라 각종 백일장 행사가 계절마다 열리고 문학의 밤, 시화전, 시낭송회 등 시민들이 함께 즐기는 예술로 거듭나고 있다.

라. 대전의 문학상

박용래문학상, 한성기문학상, 정훈문학상, 호서문학상, 대전문학상, 대전광역시문화상(문학부문), 원종린 수필문학상, 화이트진로 문학상.

마. 문학지 발간현황

『대전문학』을 비롯한 계간지 10여 종, 『대전펜문학』을 비롯한 반년간지 5종, 『동구문학』을 비롯한 연간지 50여 종이 있다.

7. 맺음말

문화는 그 나라의 국격이라고 말한다. 요즘 한류 문화의 선봉에 서 있는 싸이의 '강남스타일'이나 '젠틀맨'은 현재 다양한 매체를 통해서 대한민국의 문화를 전 세계에 알리는 문화 대사로서 커다란 역할을 함으로 우리 국민들을 행복하게 만들고 있다. 한류 문화는 우리 민족이 수천 년 간 다져 온 문화의 표출이며 우리 한국인들의 지식 공유 문화의 산물이다. 이제 우리의 문화가 세계인의 보편적 가치와 대중적 문화의 열풍을 생산하며 드라마, k-pop, 에니매이션, 영화, 게임, 문학, 패션, 한식, 한국어, 성형수술에 이르기까지 세계적으로 확산된 한류 현상은 이미 문화콘텐츠로 자리 잡고 있다. 한류란 용어는 1997년 중국 CCTV가 '사랑이 뭐길래'를 수입 방영하여 약 1억5천만 명의 중국인들이 시청함으로써 한류라는 이름을 얻게 되었으며, 중국 북경청년보(1999.11.19)에서 처음 사용하였다. 문화는 이제 문화콘텐츠 사업뿐만 아니라 우리나라의 제조, 관광산업의 성장과 국가 브랜드 형성에 크게 기여하고 있다. 그러므로 문화가 사회 정치를 이끌고 발전시키는 견인차 역할을 한다면 문화예술은 그 시대의 시대정신과 국가나 도시의 품격을 가늠하는 척도가 될 것이다. 우리나라의 문학도 이미 서정주, 고은, 김지하 선생이 노벨문학상에 접근하고 있다. 우리 대전도 대전문학관이 작년에 개관했으며 문학에 관심을 가지는 사람들도 지속적으로 늘어나 신춘문예나 전문 문학지를 통해 등단한 문인들의 활동이 눈부시며 대전 문학의 미래는 밝다 하겠다. 그러나 이제 문학은 특정인들의 문화로 자리매김하는 것보다는 생활 중심적인 문학으로 변화하여야 할 것이다. 대전 문학의 발전을 위해서 작가 자신들의 열정과 노력도 필요하겠지만 정부와 지방자치단체의 책임과 역할도 절실하게 요구되며 무엇보다 중요한 것은 독자, 즉 시민들의 관심과 역할이 가장 크고 중요하다 하겠다. 요즘 유행하는 말이 힐링healing과 감동이다. 이제 문학도 감동이어야 한다.

오늘을 살아가는 현대인들에게 스스로 상처를 치유하며 산소 호흡기와 같이 생명을 숨쉬게 하고 서로 소통하는 매개체로 문학은 존재하여야 할 것이다.

〈참고문헌〉

1. 한국예총 대전시 50년사(2012)
2. 박명용 ― 대전문학사, 예총대전지회(2000)
       ― 대전문학과 그 현장, 푸른사상사(2005)
3. 송백헌 ― 대전문단사(1996)
4. 김용재 ― 호서문학(1985)
5. 기타 자료 대전문학관에서 인용(2013)

우리들의 내일을 위해

1959년
우리에게는 훌륭한 선배도 후배도 없었다

운명보다 열정이 더 강한 Entropy
스스로 작아지지 않으려
날마다 큰 뜻 품어 뿌리를 내리던
아! 스무살의 설레임

선화동 도청 뒤 가건물
학문의 터에는
녹슨 천칭 하나였다

그래, 그것이 맨 처음 우리의 시작이었다

등록철이 되면
허리가 더 휘어지시는 아버지

수심 가득한 어머니 생각으로

4.19 함성에도
5.16 혁명에도
장화를 신지 않고서도
문화동 허허벌판 흙탕길
테미고개를 넘었다

시약 냄새가 코를 찌르는 창고 같은 실험실에서
부스스한 머리에 흰 가운을 걸치고
에틸알코올에 구연산을 타 마시던
젊음이 용솟음치던
우리의 억센 우정

허망한 봄날 꽃잎이 뚝 뚝 지면
이제는 흑백의 추억으로 다가온 실루엣

다시 그날이 온대도
Love가 아닌 Like
더 아름다웠어야 하는데
더 사랑했어야 하는데

그리고, 50년
이제 우리는 구경꾼이 아니잖은가

혼자 힘으로는 아무것도 할 수 없다

해낼 수 없다
함께 해야 한다
그래야만 해낼 수 있지 않은가

우리가 영원한 선배가 되고
대덕의 훌륭한 전통의 창시자가 되어야 하리니
우리는 충남대 화공과를 대표하는 똑같은 주인이라는 걸
그리하여 미래를 위한 공동의 주주로
살아가고 있음을 기억하라

'벤저민 버튼의 시계' 처럼
우리의 삶이 뜻대로 되지 않는데도
아무리 사는 게 바쁘더라도
나 때문에 더욱 초라해진 부모님을
한시라도 잊은 적이 없는 것처럼

학문의 고향
어머니의 품이 아니던가
우리가 더 자랑스러워해야 한다

최고만이 아름다운 세상은 아니지 않는가
이제 우리가 다시 최초가 되자

우리들의 내일을 위해
우리들의 오늘을 바치자

그대, 2700여 동문이여 영원하라
그대, 충대 화공인이여 영원하라

세계 속에 명문학과로 도약할 수 있도록 역할 다할 터

충남대학교 화학공 · 교육학과 동문 여러분!

오월은 스물한 살 젊은 청년이 차가운 물로 얼굴을 씻고 난 뒤의 풋풋하고 싱그러운 모습과도 같은 계절입니다.

먼저 부족한 저에게 명예로운 총동창회 제14대 회장으로 일을 할 수 있게 기회를 주신 선후배 동문 여러분들께 진심으로 감사드리며 경의를 표합니다.

존경하는 동문 여러분!

우리 총동창회의 미래는 바로 동문 여러분들의 관심과 참여로부터 시작됩니다. 동창회의 궁극적인 목표는 동문들 간의 화합을 다지는 일이기도 하지만 우리 화공학과가 세계 속에 명문학과로 도약할 수 있도록 우리 동창회가 구심점이 되고 지원해야 하는 역할을 해야 할 것입니다. 우리 모두는 충남대학교 화학공학과를 대표하는 똑같은 주인이며 미래를 위한 공동의 주주들 입니다.

저는 회장으로서 권리와 명예를 말하지 않고 제가 해야 할 일이 무엇인지 회장으로서 의무와 책무에 대해 고민하도록 하겠습니다. 저는 먼저 역동성이 넘치는 동창회를 만들어 가기 위해, 참여하기만을 바라는 동창회보다는 제가 먼저 경향각지에 계시는 동문 여러분들을 열심히 찾아 다니도록 하겠습니다.

둘째 후배들을 위한 장학기금을 마련하도록 하겠습니다. 그 약속으로 김양태 전임 회장님을 장학회 이사장으로 위촉하였으며 다음 2학기부터 재학생에게 장학금을 지급하고 점차 확대하는 노력을 해 나갈 것입니다. 그리하여 후배들은 선배들을 존경하고 선배는 후배를 사랑하는 따뜻하고 훈훈한 동창회를 만들겠습니다.

사랑하고 존경하는 선후배 동문 여러분!

53년의 전통과 역사는 하루아침에 만들어진 것이 아닙니다. 이러한 일들은 회장 혼자 힘으로는 해나갈 수 없습니다. 동문 여러분들이 함께 해주셔야합니다. 꼭 함께 해주시기를 희망합니다.

지난 일 년간 수고 해주신 김양태 회장님에게도 감사하다는 말씀을 전해 올리며, 오늘 동문 여러분에게 드리는 저의 다짐들이 힘들고 어렵겠지만 최선을 다할 것을 약속드립니다. 또한, 바쁘신 일정에도 지난 19일 home coming day와 정기총회에 참석하여 주신 교수님들, 선후배 동문, 재학생 여러분에게도 진심으로 감사드립니다. 동문 여러분들의 가정에 늘 행복과 건강이 함께 하시길 소망합니다.

그대의 명예로움을 조금씩 나누어 주라

봉사의 이상을 려행勵行하며 상호간의 우정을 돈독히 함은
현하現下 간절히 요청되고 있는 바 본 취지에 찬동하시와
가입하심을 경망敬望하나이다

그리고, 쉰다섯 해

뿌리 깊은 나무는 아름다운 꽃을 피워 좋은 열매를 맺고
샘이 깊은 물이 강이 되어 큰 바다를 이루듯
그대는 금강 오백 리 유장한 역사로 흘러

소야 박선규 총재님과 아홉 분의 총재님을 배출하였으며
금산클럽을 문열이로 창립한 클럽 수 만도 열여섯
선의와 우정을 더하는 일본 대만 제주의 자매클럽들이며

어찌 그뿐이랴
치寸를 굽히고 자尺로 뻗어 온

초아의 봉사 천지간에 가득하니

그대가 로타리의 솟대로 우뚝 솟았구나
세상 사람들의 정자나무가 되었구나
국제로타리 3680지구의 신화를 창조하였구나

그러나 봉사란 스스로가 더욱 낮아지는 일이다
엄마의 말에 순종하는 어린아이다
또는 매일 아침 수염을 깨끗하게 깎는 일이다

혹여
그대가 최고라고 자랑하지도
말하지도 마라

면면한 봉사의 길
이제는 혼자 지니지 말고
그대의 명예로움을 조금씩 나누어 주라

귀를 열어 두라
마음을 열어 주라

쉰다섯 대전로타리클럽이여
방금 차가운 물로 세수를 한 스무 살의 청년처럼
그대 다시 소스라쳐 일어서야 한다

로타리의 이상구현을 위해 책무 다할 터

존경하는 국제로타리 3680지구 수월 김호택 총재님과 총재단, 각 클럽 로타리안과 영부인 그리고 내빈 여러분!

성하의 무더운 날씨에도 불구하고 우리 대전로타리클럽 회장 취임식에 참석하여 주심을 진심으로 감사드리며 경의를 표합니다. 우리 로타리의 궁극적인 목표와 이상은 나눔과 봉사입니다. 봉사란 남몰래 하는 사랑같은 일이라 생각합니다.

저는 오늘 진실한 이름으로, 공평한 나눔으로, 선의와 우정의 최고선으로, 유익함으로, 자랑스런 대전클럽의 역사와 전통을 기반으로 로타리의 핵심 가치들인 친목, 다양성, 정직, 리더십과 더 많은 봉사를 통하여 대전로타리클럽의 52년을 새롭게 시작하려 합니다.

존경하는 로타리안 그리고 내빈 여러분!

국제로타리는 100년의 역사를 거쳐오면서 그 규모나 가시성의 국제적 네트워크, 즉 양적 팽창에는 훌륭한 성과를 이루어 왔지만 우리 지역사회에 진정한 변화를 이루고자 하는 로타리의 이상구현을 위해서 우리 로타리안들은

로타리에 대한 책임과 로타리의 이상을 상기하며 다시 한 번 지도자로서의
책무를 다 해야 할 것입니다.

　자랑스런 대전로타리클럽 회원. 영부인 여러분!
　대전로타리클럽의 미래는 RI 세계본부나, 3680지구 총재가 결정하는 것
이 아니라 바로 우리 자신 스스로가 최고의 명문 클럽으로 만들어나가야 합
니다. 우리 모두는 대전로타리클럽을 대표하는 똑같은 주인이며, 미래를 위
한 공동의 주주입니다.

　대전로타리클럽 회원. 영부인 여러분 함께 해 주십시오.
　회장 혼자 힘으로는 아무것도 할 수 없습니다. 함께 해야 합니다.
　52년의 역사와 전통은 하루아침에 만들어진 것이 아닙니다. 지난 1년간
인제 장영국 회장님이 이룩해 놓은 훌륭한 성과에 지속성과 일관성을 더하

여, 우리 대전로타리클럽에 대한 대내외 인지도 및 이미지 고양, 로타리 봉사의 역량증대, 맴버십의 양적 질적확대 등 저에게 주어진 과제들이 아무리 힘들고 어렵더라도 우리 대전로타리클럽이 정말 무엇을 필요로 하는지 저의 최선을 다 할 것을 오늘 밤 약속드립니다.

다시 한번 무더운 날씨 속에 자리를 함께 해주신 모든 분들께 건강과 행운이 함께 하시길 기원드리며 아름다운 밤이 되시기를 소망합니다.
감사합니다.

우리의 가치는 봉사를 실천하는 일

존경하는 국제로타리 3680지구 수월 김호택 총재님과 장영국 제1지역 대
표님을 비롯한 지구임원, 그리고 대전중앙로타리클럽, 대전사랑로타리클럽,
대전로타리클럽 회원님들을 진심으로 환영합니다.

옛말에 한마당에 8촌이 난다고 하는 얘기가 있습니다. 오늘 3개 클럽 합동
주회는, 그야말로 오랫동안 헤어져 무심하게 잊고 지냈던 일가친척을 만나는
반가움과 정겨움이 한껏 더하고 있습니다.

40여 년 만에 지구 총재를 배출한 금산로타리클럽은 1968년 11월 11일
우리 대전클럽이 탄생시킨 클럽입니다. 늘 잔잔한 미소와 온화함으로 3680
지구 모든 로타리안들로부터 존경받는 수월 김호택 총재님은 금산문화를 계
승, 창조하는 금산문화원 원장님으로 또한, 이 시대의 화두인 환경을 지키시
는 환경운동가로 지역 사회에 큰 봉사를 하시는 훌륭한 분이십니다. 참으로
자랑스러운 분이 아닐 수 없습니다. 이 자리에 함께한 모든 로타리안들께서
는 큰 박수로 환영해 주시기 바랍니다.

대전중앙로타리클럽은 1977년 저희 클럽이 스폰하였습니다.

지금은 많은 어려움에 처해 있지만 국제로타리 3680지구에서 대전로타리클럽이라는 명문가의 계보를 반드시 이어나갈, 처연 편용권 회장님의 리더십이 반드시 어려운 위기를 극복해낼 수 있으리라 믿습니다. 대전중앙로타리클럽 회원님들에게도 환영과 격려의 박수를 보내주십시오.

또한 대전사랑로타리클럽은 2008년 7월에 저희 클럽이 탄생시켰습니다. 모든 회원 개개인들이 문화와 예술을 사랑하는 사람들입니다. 이제 갓 돌이 지난 짧은 연륜이지만 금강 천 리 길을 혼자서 도보 탐사하는 문화시민연대 대표이기도 한, 대전 이원권 회장님의 열성적인 문화사랑의 열의를 높이 사지 않을 수 없습니다. 동서고금 어느 시대를 살펴보더라도 문화를 발전시킨 민족은 멸망하지 않았습니다. 새내기 클럽인 대전사랑로타리 회원님들에게도 환영과 격려의 박수를 보내주시기 바랍니다.

그러고보니 우리 3개 클럽 회장님들에게는 모두 '권權'이라는 글자를 공통적으로 사용하고 있습니다. 저는 이 '권'이라는 단어를 일반적으로 사전에서 해석하는 '권세 권'이라고 풀이하지 않겠습니다. '저울질할 권' 즉 세상의 모든 것들의 균형을 맞추는 그래서 모두에게 공평한가 하는 로타리 4가지 표준에 아주 이상적인 단어라고 생각을 합니다. 그래서 우리 3개 클럽 회장들은 로타리안들이 될 수밖에 없는 운명적인 인연을 가지고 있다고 지나친 사고의 도약을 해봅니다. '권'이라는 단어는 한자로 뜻풀이를 해본다면 나무목에, 초두, 입구, 새추로 만들어진 글자입니다. 나무와 풀, 그리고 이 세상에 모든 동물들과 살아 있는 생명체들의 입, 말소리, 날짐승, 새들까지도 포함시키는 친환경적인 단어라고 생각합니다. 그리하여 우리 세 사람은 환경을 사랑하고 봉사를 실천하는 일을 열심히 해 나가야 할 것입니다.

오늘은 백로입니다.
찬 이슬이 맺이는 청량한 가을, 백로가 되면 모든 과일과 곡식이 무르익는 시기입니다. 고추와 대추의 붉은색도 유난히 돋보이는 계절이지요. 총재님의 공식방문과 오늘 3개 클럽의 의미 있는 합동주회를 계기로 우리는 국제로타리 3680지구의 명문가로서 책임과 의무를 다하는 명문 클럽으로 우뚝설 것을 오늘 다시 한 번 다짐해야 할 것입니다.

끝으로 오늘 입회하신 대전사랑로타리클럽 신입회원들과 총재님의 공식방문을 환영하며 이 자리에 함께한 모든 로타리안들의 건강을 기원드립니다.

서로의 눈물을 닦아주자

우리는 어느덧 한 해의 끝자락에 서 있구나.

글을 쓴다는 것은 자신의 생각을, 가치를, 철학을, 인생을 나타내는 것.
문학이란 우리 자신 내면의 모습, 영혼의 얼굴을 내보이는 일이다. 어쩌면
우리 문학을 하는 사람들은 사람들의 숲속에서 가장 순정한 존재들이다. 하
여 한 해를 분주하고 바쁘게 살아온 우리는 이 계절에 눈시울을 붉히며 한 번
쯤 울어야 한다. 그냥 소리내어 통곡하지 않아도 좋다. 눈물은 영혼을 깨끗이
씻어주는 일이다. 맑게, 청정하게 하는 인간의 가장 고결한 행위이다. 그래서
영혼의 눈물은 순수하다. 그동안 살아오면서 우리의 눈에 거슬리거나 미워하
거나 혹은 아픈 상처이거나 또는 잘못한 일이거나 잘한 일이거나 이 모든 것
들을 용서하는 건 어떨까. 그리고 서로가 서로의 눈물을 닦아주자.
동구문학은 문인 여러분들이 바로 주인이다. 모두가 공동의 주주이다. 우
리의 영혼을 정갈하게 치장하고 동구문화의 르네상스를 우리가 만들어가야
한다.

지난 10월 5일 동구문학회 회장이라는 짐을 기꺼이 진 것은 나 또한 문학

의 길을 걷는 사람이기 때문이다. 여러분들과 지향점이 같기 때문이다. 우리 모두 서로가 서로의 손을 잡아 준다면, 어깨를 감싸 안아준다면, 가슴을 따뜻하게 다독여줄 수 있다면, 우리는 얼마나 아름다운 동행이 될까.

시린 겨울 하늘을 보면 어쩐지 눈물이 난다.

우리 동구문학이 모든 이들에게 희망을 주고 청안靑安함을 주기를 소망한다.

온누리에 당신의 가을입니다

시월 상달입니다.

잎새 하나 조용히 지고 있습니다. 한 우주가 내려 앉습니다. 오래된 적요寂寥이지요. 눈부신 햇살만이 다정할 뿐 나는 계급이 없는 바람이 됩니다. 이 바람마저 그치고 나면, 들녘 풀벌레 소리 잦아지고 산국의 향기처럼 우리 모두는 꼿꼿한 선비가 되어야겠지요.

사람들은 저마다 살아가면서 크던 작던 상처 하나쯤 안고 살아갑니다. 그 상처도 시간이 지나고 나면 책갈피에 끼워둔 오래된 은행나무 잎처럼 아름다운 추억이 될 터이고, 그래서 세상으로부터 나를 보호해 주는 예방백신이 된다면 다시는 그런 상처 때문에 아파하지 않는 법입니다.

이번 동구문학 제12집에는 동구의 특집을 모았습니다. 우리에게 너무나 잘 알려진 대전역, 식장산, 대청호는 우리와 함께 해 왔던 우리들의 삶의 이야기이지요. 기억한다는 것, 추억으로 남는다는 것은 얼마나 자랑스러운 일입니까. 우리들이 그것을 다시 기억의 보물창고에서 조심스럽게 꺼내 시와 수필과 시조로 곱게 분단장을 하였습니다. 아름다운 글들이 만들어졌습니다.

사랑하는 회원님들. 이제 우리 동구문학은 변화하고 있습니다.

동구문학 문집을 출간하고, 식장산에서 시화전을 개최하고, 동구문학상을 제정하고 회원들 간의 토론과 모임을 통해 서로의 안부를 염려하는 마음들이 모여 희망을 만들어가고 있습니다. 그래요, 우리 동구문학을 유장한 금강처럼, 늠름한 식장산처럼 그렇게 우리는 만들어 갈 것입니다. 그것은 순전히 우리의 몫이고 우리가 반드시 해야 할 책무입니다. 귀찮아서, 하기 싫어서, 관심이 없어서 불편한 진실을 감춘다면 우리 동구문학의 미래는 희망이 없지요. 자본주의 4.0 시대에 살아가는 우리 문학인들은 이미 지성인을 넘어 다른 사람의 행복을 위해 살아갈 수 있는 이타적인 변화를 실천하는 사람이 되어야 할 것입니다.

사랑하는 동구 문학인 여러분 !

우리 회원님들 모두에게서는 가을 하늘 같은 청정한 품성이 묻어납니다. 온누리에 당신의 가을입니다.

1955년 12월 28일 부 권동섭과 모 노갑연의 3남 3녀 중 장남으로 태어났다.

학력
· 충남대학교 공과대학 졸업
· 청주대학교 산업대학원 공학석사
· 대전대학교 대학원 환경공학 전공 공학박사

주요경력
· (주)푸른환경 대표이사
· 대전환경운동연합 집행위원
· 충남대학교 공과대학 국책사업단 산학협력 연구원
· 녹색연합 대의원
· (사)대전방재연구소 이사장
· 공명선거실천 대전시민운동협의회 언론감시 위원장
· (사)한국그린크로스 대전충남 본부 이사
· 대전광역시 동구 제2의 건국위원
· 재해예방실천연합 사무총장
· 경실련 기업평가자문단 자문위원
· 용담댐 물 배분을 위한 대전 충남대책위원회 부집행위원장
· 도시정책포럼 공동대표
· 자연을 사랑하는 이들의 모임 회장

· 대전대학교 자문위원
· 국제로타리 3680지구 대전클럽 회장
· 대전과학고등학교 소야장학재단 이사
· 청소년 문화포럼 자문위원
· 한밭국악회 이사
· 신행정수도 이전 범국민연대 상임집행위원
· 동구문학회 회장
· 대전문학시낭송가협회 회장
· 혜천대학,우송공업대학 겸임교수
· 대전보건대학교, 대전대학교, 한밭대학교, 건양대학교, 충북과학대학,
  원광보건대학, 천안공업대학 출강

현재
· (사)한국문인협회 대전광역시지회 지회장
· 대전자치분권연구소 공동대표
· (주)푸른환경 회장
· 충남대학교 총동창회 부회장

저서 및 연구실적
· 환경행정관리 실무
· 시집『권득용의 러브레터』
    『아버지, 인연의 아픈 그 이름이여』
    『백년이 지나도』

· 칼럼집『자연은 때를 늦추는 법이 없다』
· 산문집『일어서라 벽을 넘어야 별이 된다』
· 대전시 관류 하천의 수질에 관한 연구(석사논문)
· 분배계수 측정 및 추산과 이를 이용한 환경유해물질의 거동 예측(Determination and Prediction Coefficients and its Application to Estimaion of the Behavior of Environmental Toxic Chemicals) 박사학위 논문 외 30여 편

수상

· 환경처 장관상
· 제23회 대일비호대상
· 환경인물사전 등재
· 제2회 대전광역시 환경상
· (사)한국효행수상자 효도회 효행상 수상
· 충남대학교 '자랑스런 화공인' 선정
· 충남대학교 총동문회 공로상 수상
·『오늘의문학』신인상
· 제25회 인터넷문학상
· 대전예술발전 공로상
· 제1회 진로문학상 수상
· 한밭시낭송 전국대회 금상 수상
· 대전문학상 수상
· 동구문학상 외 다수

일어서라
벽을 넘어야 별이 된다

1쇄 발행일 | 2014년 02월 25일

지은이 | 권득용
펴낸이 | 정화숙
펴낸곳 | 개미

출판등록 | 제313 - 2001 - 61호 1992. 2. 18
주소 | (121 - 736) 서울시 마포구 마포대로 12 한신빌딩 B-109호
전화 | (02)704 - 2546, 704 - 2235
팩스 | (02)714 - 2365
E-mail | lily12140@hanmail.net

ⓒ 권득용, 2014
ISBN 978 - 89 - 94459 - 40 - 0 03810

값 15,000원

잘못된 책은 바꾸어 드립니다.
무단 전재 및 무단 복제를 금합니다.